Sur un pont entre deux rives

Quyên Ngo-Dinh-Phü

Sur un pont entre deux rives

Roman

LE LYS BLEU
ÉDITIONS

ISBN : 979-10-377-3493-8

Du même auteur

Aux éditions du Coureur de grèves :

- *Côte de lumières du Trégor-Goëlo* (livre photo)
- *Couleurs marines* (livre photo)
- *Balades en Pays de Paimpol sur les traces de Pierre Loti* (guide)
- *Et si je partais*, avec la collaboration de Clotilde de Brito (recueil de poésies et photos N/B)
- *Vietnam, le pays d'où je viens...* (livre photo autobiographique)

1

Partir

Partir, ce mot cache bien des déchirures, des vies brisées, des promesses à venir, des lendemains à inventer… Partir pour fuir, se cacher, se protéger, pour rester vivant… Partir et revenir, souvent, parfois, jamais… Partir pour arriver… Arriver quelque part, arriver par hasard, se poser pour quelques heures, quelques jours, et puis rester… Partir, ce mot résume à lui seul bien des histoires, comme celles de ces Vietnamiens, de ces Eurasiens que l'on trouve un peu partout à travers le monde. Ils ne sont pas les seuls à s'être engagés sur le chemin de l'exil, mais les histoires de celles et ceux qu'il a rencontrés l'intéressent et le touchent. C'est aussi la sienne. Histoires, d'hommes, de femmes, d'enfants.

Destins tragiques dans l'Histoire croisée de la France et de l'Indochine. Le tonnerre de la guerre s'est tu, les rivières de sang se sont asséchées. Vietnam a retrouvé sa liberté, le pays s'est réconcilié.

Ceux qui sont partis, qui ont fui, et leurs descendants, souffrent. Ils ont, pour beaucoup, un bleu à l'âme, une fêlure invisible, une douleur indicible lovée au plus profond d'eux-mêmes.

Sa douleur.

Celle qu'il a cachée, qu'il a fini par oublier. Qui sans prévenir, lui est revenue. Fulgurante. Violente.

Douleur et drame du métissage qu'il a voulu ignorer.

Trop longtemps, comme d'autres, il a voulu vivre en reniant le métis qu'il est. Retrouver ses racines est pour lui, aujourd'hui, une question vitale.

Sa quête, il ne la fait pas seul.

Chargé des histoires, de ceux, de celles qu'il a rencontrés pour comprendre son mal et lui donner un nom, il a entrepris depuis plusieurs années, le long chemin du retour vers le pays de son père.

Sans eux, aurait-il eu le courage d'entamer cette quête ? Leurs histoires et la sienne ne font qu'une.

Aéroport de Roissy-Charles-de-Gaulle.

Ses bagages enregistrés, il franchit rapidement les différents points de contrôle permettant d'accéder à la zone de départ.

Deux heures d'attente avant d'embarquer et enfin, partir.

Dans l'avion qui le mène à Hanoï, il songe à ces voyages déjà faits au pays de son père. Ce père, aujourd'hui disparu, dont il ignore beaucoup de choses. Père secret, comme la plupart des Asiatiques, plein de pudeur, avec au fond des yeux ce grand vide de l'ailleurs, quand devenu vieux, il restait assis de longues heures au fond de son fauteuil.

Peut-être était-il tout simplement en voyage, là-bas au pays des rizières…

Ces mêmes rizières qu'il parcourt désormais plusieurs fois par an. Mais il ne lui sert à rien d'imaginer, ici, son père enfant.

Comment le pourrait-il ?

Il ne peut inventer les souvenirs de celui qui n'est plus.

Il lui reste à créer les siens.

1989, premier voyage.

Il y pense souvent, et se dit, avec le recul, qu'il a manqué de courage. Il aurait pu passer plus de temps avec cette famille retrouvée. À l'époque, il n'était pas préparé pour ce choc culturel et émotionnel. Il a préféré enfouir cela au plus profond de lui et se forcer à ne plus y penser, et vivre.

Trente ans ont passé, avant qu'il ne revienne aux pays de ses ancêtres.

Le temps de la maturité, du temps qui passe et comme l'eau de la rivière, nous coule entre les doigts sans que l'on puisse le rattraper.

Est venu le temps de faire face à celui qu'il est.

Homme à deux faces, comme la lune, reste à découvrir celle cachée dans l'ombre.

Travail difficile sur lui-même.

Accepter sa dualité française et vietnamienne n'est pas sans incidences dans sa vie. Lui qui avait tout mis en œuvre pour s'assimiler dans son pays de naissance, ose enfin se redresser.

Hanoï

Courte halte dans Hanoï la romantique.

Son ami Phuong l'attend au terminal de Noibai pour le conduire au centre-ville. Une habitude qu'ils ont prise quand il revient. Le temps d'un *ca phé sua dà*, pris au bord du Grand Lac Ouest, recouvert ce matin d'une légère brume, de s'échanger quelques nouvelles, les voilà repartis vers le centre de la capitale. Phuong, avec dextérité, le conduit à destination à travers le dédale des rues du vieux quartier des 36 corporations où la circulation des motos et des voitures laisse peu de place aux piétons.

Il aime Hanoï.

Il éprouve chaque fois le même plaisir quand il y revient. La ville a beau se moderniser, il y retrouve toujours cette ambiance si caractéristique, un mélange subtil d'un temps révolu et d'un monde nouveau qui laisse place aux souvenirs. Il s'y sent chez lui. Au fil de ses voyages, il a maintenant ses habitudes, ses points de repère. Au fond de l'impasse Ngo Huyen, à l'abri des fureurs de la ville, Maison d'Orient, son hôtel favori. À proximité, la cathédrale Saint-Joseph devant laquelle il passe souvent pour se rendre au lac Hoan Kiem. Il ne peut s'empêcher de penser à la pagode Dao Thien construite au 11e siècle, qui occupait cet espace. Les colons français l'ont rasée pour asseoir leur suprématie. Tout un pan de la mémoire de la ville disparu à jamais.

Ne subsiste rien, ni photo, ni gravure…

Elle n'a jamais existé.

En parcourant les quelques mètres qui le conduisent à Maison d'Orient, son autre « moi » renaît. Les volutes de viande grillée qui rôtissent au bord du trottoir, mêlées aux odeurs sucrées des ananas frais que les marchandes ambulantes épluchent titillent ses narines. Les fumets de *phô* et d'herbes aromatiques les supplantent bientôt. L'encens qui brûle sur l'autel des ancêtres au seuil de chaque maison, de chaque boutique, est la note dominante, tantôt légère ou entêtante.

Le soleil entre dans sa tête, la fatigue du voyage s'évanouit.

Il est de retour au pays.

2

Dong Hoi

Il a préféré prendre le train de jour plutôt qu'un vol intérieur. Dix heures d'un long périple au rythme lent et chaotique du train de la Réunification. Aujourd'hui, ce dernier n'a plus le charme de celui emprunté lors de son premier voyage. Malgré tout, l'ambiance y est plus décontractée que dans le TGV. Certaines scènes cocasses s'y déroulent sans que cela surprenne les passagers. Un technicien chasse des voyageurs de leurs places et utilise leur banquette comme d'un escabeau pour atteindre la trappe au-dessus de la porte du wagon. À l'intérieur, il bricole une réparation de fortune pour réactiver la climatisation. Plus tard, des employés du train s'avachissent sur des banquettes libres pour faire la sieste.

D'autres provoquent une halte improvisée pour se saisir d'un chargement sur le quai d'une gare déserte.

Vietnam, c'est aussi pour cela qu'il l'aime.

Pour ces instants de vie hors des codes et conventions formatés de l'Occident.

Voyager en train pour découvrir le pays autrement, ce que l'avion ou la voiture ne permettent pas. La ligne de chemin de fer se joue des forêts, des marais, des montagnes. Le voyageur curieux peut se saisir d'informations non écrites dans les guides. Ces énormes cavités rondes dans les champs à l'approche de ne sont pas des affaissements de terrains liés à la géologie locale. Ce sont les stigmates des bombardements américains. Peu à peu, le temps fait son œuvre. Certains de ces cratères deviennent à peine visibles, mais cette terre meurtrie cache encore dans ses entrailles des engins mortels.

À l'arrivée, le train est presque ponctuel. En sortant de la gare, il trouve rapidement un taxi, vert. Il n'utilise que cette compagnie. Le prix à payer pour la course est indiqué au compteur. L'arnaque est peu fréquente. Avec le sentiment d'être un peu chez lui, il retrouve l'hôtel Au Lac et ses amis qui le dirigent. Ils l'attendent. Le taxi à peine arrêté, les voilà qui accourent pour l'aider à gravir les quelques marches qui mènent au hall de l'hôtel. Embrassades pudiques, accolades, vite son anglais laborieux lui fait défaut. Qu'à cela ne tienne, chacun sort son portable avec traducteur anglais-français ou français-vietnamien. Tous trois se comprennent et c'est une bière à la main qu'ils fêtent leurs retrouvailles.

Il aime l'ambiance de ce quartier de Dong Hoi. Non loin de la plage et du fleuve Nhât Lè qui se jette dans la mer de l'Est, cet endroit de la ville vit au rythme des marées. Le va-et-vient des bateaux de pêche lui rappelle son port breton.

Debout sur le balcon de sa chambre, il aspire goulûment l'air frais gonflé d'embruns. La fatigue du voyage s'estompe. Les conversations bruyantes s'échappant des maisons, de part et d'autre de l'hôtel, le font sourire.

Souvenir de son premier voyage, il imaginait, en entendant parler les Vietnamiens, qu'ils passaient la journée à s'invectiver ! Il n'avait pas saisi toute la subtilité des intonations nécessaires pour rendre tout dialogue compréhensible.

Les bateaux de pêche bleus, verts, aux bordures rouges, flancs contre flancs, en aval du pont Nhât Lè, attendent la prochaine marée, tandis que le fleuve mêle avec calme et force ses eaux à celles dc la mer.

Bientôt 18 h, la nuit tombe.

Il rentre dans sa chambre et regarde ses valises toujours fermées. Une grande lassitude s'empare de lui.

Ce énième voyage, il l'a tant imaginé…

Aucun sentiment de joie, de bonheur, l'habite, juste qu'il sait se trouver à l'endroit où il a choisi de venir.

Cela le perturbe. Il devrait être gai, et puis rien. Rien d'autre qu'un grand vide.

Est-ce la fatigue ou bien le sentiment de s'être trompé de choix ?

De s'être trompé tout simplement…

Allongé sur son lit, il consulte son portable. Rien d'important. Il aurait aimé un message, preuve que l'on pense à lui, juste pour savoir s'il était bien arrivé. Le jetant sur le lit, il se lève, se déshabille et se glisse sous le jet tonifiant de la douche. Il éprouve un réel plaisir à sentir l'eau tiède ruisseler sur sa peau. Nu, dans la chambre, il ouvre sa valise rouge contenant ses vêtements, l'autre, la noire, contient une partie de son matériel photo, ses livres, quelques cartes et guides du Vietnam. Rouge et noir, comme les couleurs fondamentales de cette Asie d'influence chinoise.

Il opte pour des vêtements amples et légers achetés lors d'un précédent voyage au marché Ben Than à Ho-Chi-Minh. Il glisse une liasse de dongs dans l'une des poches de son pantalon, son téléphone dans l'autre et descend dans le hall de l'hôtel.

Quelques jeunes s'adonnent avec frénésie à une partie de billard américain.

Seule l'employée assure la permanence. D'un geste du menton, elle lui indique l'extérieur de l'hôtel. Il comprend et la remercie d'un signe de tête. Binh et Kien sont partis assurer le service dans leur pizzeria. À l'image de nombreux jeunes entrepreneurs Vietnamiens, ses amis ont soif de réussir rapidement. Ils assurent le fonctionnement de deux établissements. Une affaire de famille, qui rapportera à tous si le succès est au rendez-vous.

La faim commence à le tenailler, la soif également mais il n'a pas envie d'une pizza.

Debout sur le trottoir, il hésite encore…

Il descend le long du canal qui jouxte la rue et s'engouffre à quelques mètres de là dans une petite gargote où il se rendait lors de ses précédents séjours. Tous les jours et à tous les repas, une sorte de *phô* faite d'un mélange de viande, d'œuf, de crevettes ou de poisson et de nouilles de riz, est servie. Le tout est largement agrémenté d'herbes aromatiques. Ce savant assemblage est succulent, 30 000 dongs pour ce bol repas, environ 1,15 € !

Assis sur un petit tabouret en plastique, il est l'attention de tous les regards. Chacun comprend qu'il a ici ses habitudes, quand la serveuse, tout sourire et fière de l'avoir reconnu, lui apporte son bol sans qu'il n'ait rien demandé.

Dans la rue, le ballet des motos se fait plus intense. De nombreux jeunes se rendent vers le front de mer où les bars et restaurants sont animés jusque tard dans la nuit.

La salle est presque pleine, son bol bientôt vide. Il va s'en aller. Au Vietnam, les repas se prennent rapidement. Prendre vite des forces pour partir travailler, ou faire autre chose. S'attarder à table ne se fait que les jours de fête.

Il fait presque froid pour la région. Une fraîcheur empreinte d'humidité accompagne le léger souffle venu du large. Il ne faut pas s'y fier, s'il ne change pas au cours de la nuit, la journée de demain sera étouffante.

D'un pas hésitant, il parcourt quelques mètres puis s'arrête. Il ne sait où aller.

Il est partagé entre l'envie de rejoindre sa chambre pour s'allonger et celle d'aller faire quelques pas, tout en sachant qu'avec la fatigue du voyage il aura du mal à s'endormir. Il choisit sans grande conviction d'aller prendre le pouls du quartier. Remontant le canal, il rejoint la rue Nguyên Du qui longe le fleuve, puis prend la direction du pont Nhât Lè, tournant ainsi le dos à la mer.

Parvenu au milieu du parc qui longe le fleuve, l'esprit apaisé, il s'assied sur un banc.

Son attention est attirée un instant par le scintillement alterné des guirlandes lumineuses de différentes couleurs qui décorent le pont. Sur le banc à sa droite, un jeune couple flirte avec pudeur. À sa gauche, une bande de garçons bruyants essaie de se faire remarquer des filles qui vont et viennent sur la promenade. Sans succès, ils s'en vont vers d'autres lieux. Le silence reprend ses droits. Seuls, les grondements d'une moto et quelques coups de klaxon, par instant, viennent rompre la quiétude de cette nuit.

Il est enfin de retour, et éprouve maintenant le plaisir d'être là.

Des effluves épicés et sucrés lui parviennent depuis les échoppes ambulantes situées de l'autre côté du parc, en bordure de l'avenue. Il se laisserait bien tenter, mais il reste scotché sur son banc, le regard fixé sur l'onde noire et scintillante, ignorant les quelques bateaux qui descendent le fleuve.

Peu à peu, son esprit s'échappe au-delà de l'horizon, au-delà des mers.

Au-delà des mers

Un petit village de campagne, quelque part en Île-de-France. C'est ici qu'il fit face pour la première fois à sa différence.

Dans la cour de l'école, le jour de la rentrée en CM2, deux gamins s'approchèrent de lui en se tirant les yeux : *« chinetoc ! »* et partirent en raillant. Il resta éberlué, qu'est-ce que cela voulait bien dire ?

À l'école, instituteurs et institutrices ne le nommaient que par son prénom, évitant souvent de dire son nom. Il savait que la prononciation de son patronyme semblait compliquée pour beaucoup. Il percevait cette différence qui, à priori, ne portait pas à conséquence.

Mais pourquoi ces gestes et pourquoi *chinetoc* ?

De retour à la maison, il se regarde dans le miroir de la salle de bain et tire sur ses paupières. Rien ne lui paraît étrange. Cela ressemble à une grimace. Dans la chambre de ses parents, il regarde la photo de son grand-père paternel. Elle l'impressionne toujours. Ce vieillard sérieux en robe noire, sur un pantalon de même couleur et d'un étrange chapeau assorti, avec sa barbe blanche en pointe est différent de lui.

Normal, c'est son grand-père vietnamien ! Prenant délicatement la photo il la pose à côté de celle de ses parents. Il cherche des ressemblances, des différences entre son père et son grand-père, en vain. Soudain, il ouvre l'armoire et sort un petit miroir. Revenu près des photos, il le place près d'elles et compare le reflet de son visage aux portraits de ses parents et de son grand-père. Après quelques instants d'observation, il prend conscience pour la première fois qu'il est peut-être différent de ses copains d'école.

Pourquoi *chinetoc* ?

Il est né en France.

Son père est vietnamien, jamais il n'a entendu personne le traiter ainsi. Dans sa tête de gamin, quelque chose est en train de germer. C'est la première fois qu'il entend ce mot. De la façon dont ces deux gamins l'ont prononcé, ce doit être une insulte ou quelque chose de semblable.

Ce qu'il ne parvient pas à comprendre, c'est pourquoi ?

Il se doute bien que ce mot doit avoir une relation avec les Chinois. Il n'en a jamais vu, à part des photos ou dessins dans son encyclopédie de l'Asie. Il se torture l'esprit mais ne trouve pas de réponse.

Celle-ci lui est donnée peu de temps après, quand de nouveaux enfants arrivent à l'école. Une bonne partie des élèves se groupent autour d'eux en leur disant d'aller se laver les pieds, que leurs pieds sont noirs, sales. Rentré chez lui il raconte cela à sa mère qui lui explique : « ces enfants et leurs parents reviennent d'Algérie et on les surnomme "pieds noirs". Le comportement des gamins dans la cour de récréation est de la méchanceté, c'est du racisme ».

Mais qu'est-ce que c'est le racisme ?

« Maman, c'est quoi le racisme ? »

« C'est comme pendant la guerre. Les Allemands n'aimaient pas les juifs et leur faisaient du mal, ou c'est quand les gens chassent les bohémiens qui passent quelques fois dans le village. C'est quand on n'aime pas quelqu'un qui est différent », lui dit-elle.

Timidement, il demande à sa mère ce qu'il en est des *chinetocs*. Il n'a pas osé lui en parler lors de l'incident. Surprise, elle lui demande si on l'a traité ainsi ? Il voit de la colère dans ses yeux. Il ne doit pas se laisser insulter et le signaler aux maîtres d'école.

Il venait de subir sa première injure raciste qui ne serait pas la dernière.

Il en a tiré une leçon. S'il affiche sa différence, cela pourrait lui compliquer la vie. Il choisit de se rendre invisible pour ne pas attirer l'attention des autres.

Quelques années ont passé, sa famille part s'établir en Belgique, pour la durée d'un contrat que doit effectuer son père.

À son retour en France, c'est au collège qu'il perçoit de nouveau sa différence.

Les professeurs l'appellent en prononçant seulement le début de son nom. Trop compliqué pour le reste ! Puis c'est au tour de son prénom (vietnamien) d'être écorché.

Malaise, trouble, sans savoir pourquoi, il se sent coupable.

Pour essayer de gommer sa différence, à la rentrée suivante, il prend son prénom français comme prénom principal. Il va même à devancer certaines situations en demandant qu'on le nomme seulement par son prénom français.

La vie scolaire lui devient plus facile, en apparence seulement.

De temps en temps, pour paraître drôles, certains l'appellent du nom de la célèbre bataille perdue en Indochine par les Français : Dien Bien Phu.

Cette différence qu'il souhaite cacher le plus possible, transparaît parfois sans qu'il s'en rende compte.

Il le comprendra plus tard. Beaucoup plus tard.

À sa majorité, vingt et ans, il doit choisir.

Être : Français ou Vietnamien.

Le Vietnam lui est inconnu.

Par défi, il est tenté de choisir cette option. Mais il est, et restera français.

Non par conviction profonde, mais pour donner une réponse adaptée à ce qu'il subit régulièrement. Au fond de lui, quelque chose lui dit que ce choix est contre nature. Il donne la réponse qui lui permettra peut-être d'avoir une vie ordinaire et de passer inaperçu dans son pays de naissance.

Il se rend vite compte que cette option n'a en rien modifié le regard des autres à son égard. Pas tous les autres, juste ceux assez nombreux pour lui gâcher la vie.

Son urgence : devenir transparent.

Mauvaise idée, plus le temps passe, plus ses traits asiatiques s'accentuent. Le racisme à son égard n'est jamais violent physiquement. Des réflexions stupides, comme des aiguillons pour lui faire sentir qu'il n'est pas comme eux. Ces « bons mots » dits par des proches, des copains, des relations professionnelles : « *salut le jaune* », « *salut le viet'* » ou encore son nom écorché à dessein.

Il feint de ne pas y prêter attention.

En sourire, même en rire avec eux.

Il sauve la face en apparence, mais la blessure demeure vive, ne se refermant jamais.

C'est en Bretagne, où il s'est fixé il y a quelques années, qu'il reprend et assume son identité. Les gens du pays lui demandant pourquoi il cachait ses origines.

À la manière de ces pierres levées vers le ciel, ces paroles furent une force qui lui ont donné le courage de se redresser.

Sa face cachée est devenue visible, au point de faire un second voyage vers le pays de son père.

Voyage qui a transformé sa vie.

Son dernier voyage, l'an passé, l'avait conduit, pour la seconde fois, à Dong Hoi. Située à cinq cents kilomètres au sud d'Hanoï, la ville lui avait plu lors de sa première halte deux ans auparavant. Cette fois encore, il y était resté trop peu de temps pour confirmer cette impression.

Aujourd'hui, il avait choisi d'y revenir plus longuement.

La rupture

Au début, elle était d'accord qu'il se rende au Vietnam une ou deux fois par an. Elle l'a même accompagné lors du second voyage, a aimé le pays. Elle avait compris sa quête d'identité. Au fil du temps, elle trouvait que cela devenait obsessionnel et lui avait conseillé de se faire aider. Lui ne se sentait pas malade. Il ressentait ce mal du pays et savait ce que cela voulait dire.

Il devait y répondre.

Il fallait lui laisser du temps. Obstiné, il devait aller au bout de sa quête pour guérir.

Il lui fallait ouvrir toutes les portes encore fermées qui se dressaient devant lui. C'était une question essentielle pour ne pas sombrer.

Il ne pouvait plus vivre en n'étant paslui-même.

Il avait conscience de l'hiver qui pénétrait dans son foyer.

Sans bruit, ils s'étaient séparés, sans joie, sans tristesse. Une page se tournait. Lui restait tourmenté, et elle ne savait que faire de cette liberté retrouvée après tant d'années passées ensemble…

Ses séjours, là-bas, se prolongeaient de plus en plus.

Il parcourait le pays en tous sens, voulant rattraper le temps. Les rencontres qu'il y faisait étaient le point d'orgue de ses voyages. Si la maîtrise de la langue lui faisait défaut, avec celle du cœur, il a pu nouer rapidement des amitiés solides. Mais cela ne le satisfaisait pas. Il ne parvenait pas à se fixer quelque part.

Il devait trouver une nouvelle voie pour peut-être entrevoir une certaine quiétude et atteindre son but.

Au fil des séjours, s'il déchiffrait les codes permettant de comprendre cette société complexe et pleine de paradoxes, il n'en demeurait pas moins un touriste.

Bien souvent, il s'était dit qu'il se poserait ici ou là, mais à chaque fois le courage lui avait manqué. Pas encore armé pour supporter les regards forcément curieux des gens de l'endroit où il choisirait de se poser.

Cette appréhension du regard des autres le ramenait sans cesse aux vexations qu'il avait subies. Il ne voudrait pas que cela recommence ici. Sinon, quelle solution lui resterait-il ?

Ce doute est encore bien présent dans son esprit.

Ses yeux suivent le fil de l'eau. Ruban d'argent qui scintille sous la pleine lune et l'emporte à contre-courant.

En apparence, tout lui a été facile. Quelques accrocs au travail, des problèmes du quotidien, les enfants qui grandissent et la difficulté d'être parents d'ados. Une vie à deux, partagée depuis si longtemps, qu'elle se met parfois en pilotage automatique.

Une vie ordinaire de citoyen français moyen, ce qu'il souhaitait.

De temps à autre, pourtant, il y avait comme une légère douleur dans sa tête qui venaitle contrarier. S'ensuivait alors une période brève où il ne se sentait pas bien. Étranger à ce qui l'entourait, il devenait fragile comme l'équilibriste sur son fil.

Lors de ses premiers voyages, il comprend cette différence qu'il éprouve et qui se traduit par des attitudes incompréhensibles pour son entourage.

Dans le regard, l'attitude des Vietnamiens, selon certaines situations, il perçoit, devine, des comportements semblables aux siens. Il s'y reconnaît. Il se reconnaît.

Des petits riens, une façon de répondre, d'agir, de se comporter.

Quelque chose d'indéfinissable qui le rend un peu hors norme en France. Cela, plus le racisme dont il est l'objet, participe à sa douleur d'être.

Sa double identité assumée, depuis son installation en Bretagne, lui permet de répondre et de contrer les allusions racistes. Elle lui donne plus de force et tel un bouclier, le protège. Il ne laisse plus les mauvaises paroles le toucher, il s'en sert pour se défendre. Sentiment confus malgré tout.

Français de naissance, il n'a reçu aucun enseignement vietnamien. Il n'a rien d'autre, de ce pays, que sa peau et son nom.

Sa mère française n'a jamais incité son père à leur transmettre la moindre bribe de sa langue natale. Il ignore si son père avait nourri cette envie ou s'il préférait qu'ils soient juste français.

Tardivement, il comprend que son assimilation l'a obligé à se renier en tant qu'individu. Il en éprouve de la culpabilité, du remords.

Il aurait dû se montrer plus fort. Mais que peut un gamin de dix ans, un ado de vingt ans contre une société, un état ?

Aujourd'hui, il est comme une rivière entre ses deux rives. Les deux lui sont nécessaires. La France où il a bâti sa vie et le Vietnam qui l'appelle.

La prise de conscience de son métissage et de son acceptation ne s'est pas faite sans dommages dans son quotidien.

Ses habits, son univers lui sont devenus trop étroits.

Impossible de vivre seulement en France.

Il lui faut aussi être au Vietnam pour ne pas devenir fou.

Rencontre paranormale

Dans le vague de ses pensées, une image se fixe dans ses yeux, un peu irréelle.

Surgi de nulle part, un vieil homme est devant lui.

Vêtu d'un pyjama blanc de cotonnade légère à rayures bleues, pieds nus dans ses tongs en plastique jaune, la tête légèrement penchée vers lui, il le regarde d'un air bienveillant qui l'hypnotise. Bien que proche d'un lampadaire, son visage demeure dans l'ombre et ses yeux au regard intense, émettent une lueur vive qui le transperce et vers laquelle il se sent aspiré. Sensation étrange, il se sent comme soulevé de son banc et soudain, se met à pleurer. Un flot de larmes ininterrompu. Des larmes silencieuses, généreuses, qui semblent vouloir sortir de son corps pour rejoindre le fleuve Nhat Le.

Tout vacille.

Un enfant joue et court au bord d'une rivière. Il crie en faisant des moulinets avec les bras. Sur un muret qui sépare les rizières, un homme lui répond. Les silhouettes oscillent, disparaissent. Récréation dans une cour d'école, un gamin qui lui ressemble pleure, des gamins lui ont chipé sa casquette… Il fait noir. Une lueur au loin tremblote, il court vers elle, son cœur s'emballe. Dans la lueur blanche, une silhouette se dessine. Papa !

L'air lui manque.

Sa vue est troublée par les larmes, il grelotte comme s'il avait froid. Il est en nage. Peu à peu, il revient à la réalité.

Le vieil homme est toujours devant lui et le regarde pleurer. Muet, immobile, impassible. Puis lentement, il s'approche. Murmure quelque chose d'incompréhensible à son oreille, pose sa main droite sur sa tête, puis s'en va tranquillement, sans se retourner.

Tout cela n'a duré que peu de temps. Il voudrait se lever, le rejoindre, il ne le peut pas. Son corps semble si lourd et ne faire qu'un avec ce banc malgré la légèreté qu'il ressent dans tout son corps. Impression étrange, il observe avec distance ce qui se passe, comme s'il regardait un film.

Des jeunes flirtent dans la pénombre, sur les bancs à l'abri de la lumière des lampadaires. Plus loin, des familles sont installées pour un pique-nique et profitent de la fraîcheur de la soirée. Des promeneurs vont et viennent devant lui, de tous âges, seuls, en couple, en famille, entre amis. Éclats de voix, rires dans la nuit, musique échappée des cafés bordant l'avenue, sirène des bateaux allant vers la mer. Il entend tout, voit tout, sans être présent, lui semble-t-il.

Peu à peu, il reprend ses esprits.

Il a l'impression de sortir d'un long sommeil. Un rapide coup d'œil à sa montre lui indique qu'il n'en est rien. Le temps semble immobile. Il frissonne, un air frais vient de la mer.

Avec précaution il se lève du banc, esquisse quelques pas avec difficulté. Ses pieds sont engourdis. Après une dizaine de mètres, il ressent enfin le contact dur du sol sous ses semelles. Il rejoint la rambarde qui court le long du fleuve, s'y accoude, l'esprit encore embué.

Étrange soirée, le regard magnétique de cet homme l'habite encore. Il ne comprend pas ce qui s'est passé, expérience étrange, agréable et déstabilisante. Il vient à douter de cette rencontre, mais l'état dans lequel il se trouve le ramène à la réalité. Jamais il n'a ressenti une telle quiétude, ne s'est senti aussi bien. Une sorte d'état second l'envahit, comme une paix intérieure…

Il reprend sa marche à pas lents, l'esprit léger.

Il se dirige vers son hôtel. La fatigue se fait sentir. Sur ses lèvres se dessine un large sourire. Il est libéré de ce poids qui le paralysait.

Il est au Vietnam.

Il va y rester.

Combien de temps ?

Peu importe ! Son visa lui permet d'attendre quelques mois l'avion du retour. Il vient d'ouvrir la porte qui va peut-être le mener vers son destin.

Heureux comme un enfant, il pénètre dans le hall de l'hôtel. Des clients disputent une partie de billard en buvant des bières et ne lui prêtent guère attention. Les joueurs se succéderont jusque tard dans la soirée. La jeune femme de permanence lui tend sa clé et le regarde en souriant. Il bafouille quelques mots et grimpe presque en courant l'escalier jusqu'au deuxième étage où se trouve sa chambre.

Sans allumer, il se jette sur son lit dans un état d'hébétude.

Tout se mêle.

Excitation due à la décision qu'il vient de prendre, fatigue du voyage et toujours le regard de cet homme qu'il continue de sentir sur lui avec cette impression d'avoir été l'objet d'un phénomène paranormal.

La passerelle

Chant d'un coq.

En sursaut il se réveille, étonné de se trouver habillé. Le cadran digital de sa montre indique 4 h 25. Début de la journée pour les Vietnamiens, encore un peu trop tôt pour lui. Il hésite à se lever, reste étendu sur son lit, écoutant les coqs qui se répondent, bientôt rejoints par les aboiements d'un chien.

Les coqs sont partout, à la campagne comme en ville, jusque dans les étages des hôtels. Élevés, choyés pour des combats officiellement interdits, mais la tradition est tenace. Son attention tout entière à ce concert matinal se reporte peu à peu sur l'univers de sa chambre. Par la fenêtre dont il n'a pas fermé le rideau, il devine la lumière blafarde qui précède le lever du soleil. Il se redresse, balaie du regard l'espace de la pièce. Sa valise rouge est comme un coquillage ouvert et la noire toujours fermée. Il finit par se lever, laisse tomber ses vêtements sur le sol de la chambre et se glisse sous la douche.

Après s'être rasé et habillé, il range ses vêtements et son matériel photographique. Il ouvre son ordinateur, branche les enceintes, tapote sur le clavier. La Sonate n° 14 en do dièse mineur de Beethoven se répand dans la pièce. Il reste debout, écoute les premières mesures, yeux fermés. Il adore ce morceau qui l'accompagne souvent quand il travaille. Son intérêt pour la musique s'est révélé tardivement. Il n'est pas un mélomane averti, il aime ou pas. Très souvent, il ne connaît pas le nom des morceaux ni celui de l'auteur, l'essentiel est l'émotion ressentie.

Le piano, sans très bien savoir pourquoi, est un instrument qui l'attire. Il aime le graphisme, la structure de cet instrument et les sons qu'il peut révéler. Quand il lui arrive de se rendre à un concert, il est hypnotisé par le jeu des doigts qui dansent d'une toucheà l'autre. La force déployée ou la retenue nécessaire pour tempérer la fougue d'un morceau le fascine.

Il fait souvent référence à la musique dans les stages photo qu'il anime. L'harmonie est essentielle dans toute chose. C'est elle qui participe au sens que l'on donne à ce que l'on crée, à ce que l'on vit. Une photographie est le résultat de l'alchimie du cadrage, de la lumière, du sujet photographié et de ce que l'on ressent au plus profond de soi. C'est ce savant dosage qui permet d'obtenir le bon cliché. Seule la sincérité extrême ressentie face au sujet que l'on désire capturer permet d'atteindre le but ultime de la photo parfaite.

Il empile ses vêtements sur l'étagère de l'armoire, accroche sa veste et son pantalon aux cintres de la penderie. Il pose les cadeaux apportés pour ses amis sur la table basse, près de la fenêtre du balcon. Il ouvre sa valise noire, place les quelques livres et cartes qu'il a rapportés sur un coin du bureau. Il met en évidence sur le dessus de la pile, son petit guide, aux pages écornées, des expressions usuelles au Vietnam.

Il s'apprête à ranger son matériel photo quand il se fige au milieu dc la chambre. Sans force, il se laisse choir dans l'un des fauteuils.

Il respire lentement, avec peine, comme si le temps allait s'arrêter.

Son esprit est ailleurs.

Il repense à ce qu'il a vécu la veille au soir.

Il ne croit à rien, se moque même parfois de ce qu'il nomme supercheries religieuses. Mais ce qu'il a vécu la veille est pour lui une interrogation sans réponse, un trouble sans nom dans son esprit déjà confus.

Combien de temps allait-il rester ici ? Il ne le sait pas.

Pour se rassurer, il se raccroche à des contingences pratiques. Il préviendra ses voisins de son séjour prolongé pour qu'ils prennent soin de sa maison.

Là-bas, personne ne l'attend.

Ses enfants vivent loin de chez lui. Il communique de temps en temps avec eux par WhatsApp ou Messenger.

Depuis leur séparation, il ne voyait plus grand monde, n'en avait pas le temps. Quand il revenait de ses périples, il lui fallait plusieurs journées de travail avant que le jardin ne ressemble plus à une jungle, et que la maison redevienne avenante. Sa priorité était, à chaque retour, le tri, la sauvegarde, l'indexation des photos, bien qu'il ait déjà effectué une bonne partie du travail en cours de voyage.

Il n'avait aucun projet précis concernant les clichés qu'il ramenait. Il prenait la précaution de les sauvegarder sur différents disques durs. Dans un autre temps, il aurait été impatient de les voir publiés pour un article, un livre. Aujourd'hui, il ne cherche plus à diffuser ses photos en dehors des expositions qu'il réalise de temps à autre. Il se fie à son instinct. Il y aura bien un projet qui se présentera à lui.

Les temps changent, le bonhomme aussi.

Rester maître de son temps et de sa liberté est maintenant sa devise.

Au fil du temps et des voyages, sa moisson photographique se fait plus rare, plus exigeante. Il est de plus en plus sélectif, ne conservant que les photos qui entrent en résonance avec ce qu'il a vécu d'important.

Au prix d'un gros effort, il se ressaisit et place l'ensemble de son matériel sur les étagères de l'armoire.

Maintenant, le soleil inonde sa chambre, la chaleur devient insupportable. Le mois de mai annonce la saison chaude et humide, mais les pluies qui l'accompagnent tardent à venir. La terre a soif.

La sensation de faim le ramène à des préoccupations plus immédiates.

Il se rend dans son boui-boui favori. S'attablant à l'une des nombreuses tables basses en plastique bleu, il reconnaît quelques visages. On le salue d'un signe de tête en guise de bienvenue. La patronne, souriante, lui apporte déjà son bol bien rempli et fumant. Il ira prendre un café de l'autre côté du quai, au S'Café. L'endroit est agréable, la clientèle varie selon les heures et permet de nombreuses rencontres. Il a sympathisé avec le jeune couple qui dirige l'établissement, ce qui élargit son champ social dans le quartier.

Sur le chemin du retour, perdu dans ses pensées, il s'avance sur la passerelle qui enjambe le canal quand il manque de heurter une jeune femme. Tous deux se sont arrêtés à quelques centimètres l'un de l'autre. Le premier moment de surprise passé, bafouillant une excuse dans un sourire, ils s'éloignent chacun de leur côté.Après quelques pas, il se retourne vers la silhouette qui se dirige en direction du fleuve. Trop loin déjà, il ne distingue plus qu'une forme longiligne en chemise claire et jean noir. Il ne saurait la reconnaître.

Cette rencontre fugace lui fait songer à May Phuong.

Il garde d'elle le souvenir d'une jeune femme élancée, aux traits fins, aux yeux vifs, aux lèvres toujours ouvertes sur un grand sourire et aux longs cheveux noirs. Voilà longtemps qu'il ne l'a pas revue.

Lors de leur deuxième rencontre, elle lui avait, avec pudeur, raconté une partie de son histoire.

Comme lui, elle est née en France.

Loan

Après la guerre d'indépendance de l'Indochine, à la suite des accords de Genève de juillet 1954, de nombreux Indochinois, de nationalité française, débarquèrent à Marseille.

Parmi ces réfugiés se trouvaient de nombreuses familles qui étaient au service de colons français ou de l'administration, ainsi que des femmes et leurs enfants issus de nuits d'amour incertain avec un soldat ou un colon français.

Loan, la mère de May Phuong faisait partie de ces exilés. Elle était arrivée à l'âge de 6 ans en 1956, avec ses parents, tous deux Vietnamiens ayant opté pour la nationalité française.

À Saïgon, ils travaillaient pour un riche marchand chinois, lui comme chauffeur, elle comme gouvernante. À cette période, beaucoup de ceux qui avaient choisi de travailler pour les colons étaient vus comme des traîtres.

À leur arrivée en France, ils furent conduits au camp de Sainte-Livrade-sur-Lot. Au voyage éprouvant de plusieurs semaines de mer suivit un long parcours en bus, de Marseille à ce village du Sud-Ouest.

S'ils avaient pensé couler des jours heureux en France, ils regrettèrent bientôt leur choix. Parqués comme des prisonniers dans ce camp militaire entouré de barbelés, soumis à un régime quasi martial, vivant dans des baraquements insalubres, c'est dans cette France longtemps rêvée et maintenant si sombre, que Loan vécu ses premières années d'exil.

May Phuong lui avait dit les souvenirs qui hantaient l'esprit de sa mère… Avec le temps, Loan ne se rappelait plus avec précision ses premières années en France… Enfance dont la couleur dominante fut le gris, souvenir indélébile. Gris du ciel et du froid qui teintaient tout leur quotidien de ce premier hiver et les suivants. Gris des baraques qui leur servaient de maisons. Gris des gamelles où la nourriture était sans saveur. Gris de l'âme qui pleurait la terre natale dont les souvenirs s'éloignaient avec le temps. Gris de la vie qui lui prit rapidement son père qui n'avait pas eu le temps de se guérir du mal du pays, emporté dès le premier hiver, par la grippe. Il fut l'un des premiers à être enterré dans le cimetière de ce petit village français.

Peu à peu, la solidarité vietnamienne fit naître un peu de soleil et d'espoir. Ils avaient réussi à recréer un peu d'Indochine dans ce village au bord du Lot. Bien que la plupart soient de confession chrétienne, dans chaque maison, l'hôtel des ancêtres veillait sur la famille. Veuve, la mère de Loan dut subvenir à leur quotidien.

Ses talents de couturière lui permirent de trouver du travail en dehors du camp et d'échapper au dur labeur dans les champs.

Travail aussi pénible que celui des rizières et mal payé.

Dès le début de leur arrivée, sa mère n'avait qu'une obsession : que Loan apprenne rapidement le français et qu'elle réussisse ses études. Pour beaucoup de ces enfants réfugiés, l'apprentissage de cette nouvelle langue fut difficile, mais s'ils y parvenaient, elle devenait un sésame.

Ce fut le cas pour Loan qui passait la plupart du temps le nez dans ses livres. Rapidement, elle fut la meilleure élève de l'école primaire qui avait été installée au CAFI (Camp d'Accueil des Français d'Indochine). En dehors des enseignants, les autres Français qui venaient régulièrement au CAFI étaient les prêtres et les religieuses secondées de quelques dames patronnesses qui veillaient à ce que chaque enfant fasse sa communion.

L'une d'elles, femme d'un tailleur, se lia d'amitié avec la veuve et sa fille.

La mère de Loan fut embauchée chez eux à Villeneuve-sur-Lot. N'ayant pas d'enfant ni d'autre famille dans la région, le couple les prit sous sa protection et leur trouva un petit logement non loin de l'atelier.

Une nouvelle vie commença pour Loan qui rentra au collège. Elle put alors songer à un avenir en couleurs.

Brillante, elle poursuivit sa scolarité au lycée. Ce furent des années heureuses.

Le Vietnam s'éloignait peu à peu de sa vie. Il reprenait place dans son esprit de temps en temps, quand elles retournaient au CAFI voir leurs amis. L'occasion pour toutes les deux de renouer avec leurs racines et d'aller fleurir la tombe du mari pour l'une et du père, pour l'autre.

Avec l'aide de leurs bienfaiteurs, Loan put entreprendre des études de droit à Toulouse. Elle vécut ses années d'étudiante comme un second exil.

Loin de sa mère et de la communauté vietnamienne qui s'était établie petit à petit dans la région de Villeneuve-sur-Lot, elle noyait sa solitude dans un travail acharné. Pendant son temps libre, elle faisait des heures de ménage et autres travaux pour subvenir à une partie de ses besoins.

À la fac, elle avait peu d'amis. Rien n'était facile pour elle. Pour beaucoup d'étudiants, c'était une étrangère. Souvent, elle devait fermer ses oreilles aux propos racistes lancés à son encontre.

C'est au cours de ses études qu'elle fit la connaissance de Duy. Cette rencontre la sortit de l'isolement dans lequel elle s'était retranchée.

Duy et sa famille avaient eu plus de chance.

Son père était dans l'import-export à Saïgon et connaissait un industriel de Toulouse qui le recueillit avec sa famille. Ce dernier l'aida à trouver un emploi dans une entreprise de commerce de gros dans le faubourg Bonnefoy, au nord-est de la ville. Leur vie fut facile et aisée.

Les deux étudiants se lièrent de plus en plus. Avec la pudeur inhérente à leur culture, ils entretinrent une relation sage. Seuls, ils prenaient plaisir à s'exprimer dans leur langue maternelle.

En 1974, à l'issue d'études couronnées de succès par un diplôme, une grande fête fut organisée dans la banlieue de Toulouse où vivait la famille de Duy. Beaucoup d'amis furent conviés pour cet événement. La réussite de ces deux jeunes, issus de familles de réfugiés, leur permettait d'accéder à un nouveau statut social à l'égal des Français métropolitains.

Cela aurait été impossible en Indochine, du temps de la colonisation. Là-bas, l'élite intellectuelle vietnamienne, malgré ses diplômes, n'avait pas accès aux mêmes postes que les Français de métropole. Seuls les emplois subalternes leur étaient réservés.

Leur succès était aussi celui de leurs familles, surtout pour la mère de Loan qui n'était que couturière. Elle fit le voyage avec ses amis tailleurs qui, avec le temps, étaient devenus un peu vietnamiens. C'est au cours de cette fête que les deux jeunes diplômés eurent l'accord de leurs parents respectifs pour se marier. La date fut fixée au printemps suivant. Le temps que chacun d'entre eux soit confirmé dans leur emploi dans deux cabinets d'avocats de Toulouse.

Loan et Duy se marièrent à la date convenue et s'installèrent dans un petit appartement, non loin du Capitole. Rapidement, Loan y fit venir sa mère dont la santé était devenue fragile. Celle-ci décéda à l'aube du printemps 1976 et rejoignit son mari au cimetière de Sainte-Livrade-sur-Lot.

Loan ne sut jamais si c'était la maladie ou le mal du pays qui avait emporté sa mère. Les derniers temps, elle avait l'esprit en fuite et parlait sans arrêt en vietnamien.

May Phuong

May Phuong naquit quelques années plus tard, en 1986.

Ses parents, Loan et Duy, avaient su tisser un réseau de relations amicales et professionnelles à Toulouse. Ils avaient privilégié leur carrière pour acquérir une certaine reconnaissance sociale et établir leur cabinet d'avocats avant de concevoir un enfant.

L'enfance de May Phuong fut heureuse et facile, choyée par ses parents qui purent l'inscrire dans les meilleurs établissements de la ville pour effectuer sa scolarité.

Vive et brillante, elle s'intéressait à tout.

Un jour de désœuvrement, en feuilletant l'album photo de la famille, certaines attirèrent son attention. C'étaient des photos de ses grands-parents maternels qui les représentaient là-bas à Saïgon, devant la poste, la cathédrale Notre-Dame, au bord d'un fleuve. Des photos jaunies qui soudain l'interrogèrent sur ce pays qu'elle ne connaissait pas, mais dont elle maîtrisait un peu la langue.

Ses parents s'entretenaient parfois dans leur langue maternelle qu'ils ne souhaitaient pas lui apprendre. Il fallut qu'elle insiste pour qu'ils consentent à l'initier. Ils souhaitaient que leur fille soit totalement française, malgré ses traits vietnamiens. Le souvenir de ce qu'ils avaient vécu, de ce qu'ils avaient subi, conditionnait encore bon nombre de leurs choix.

Leur désaccord était plus profond quand ils abordaient le sujet de ce pays lointain. Eux parlaient de l'Indochine, elle parlait du Vietnam.

Elle leur avait demandé plusieurs fois s'ils iraient un jour là-bas. Ils lui avaient répondu qu'avec le régime communiste ce n'était pas possible, que beaucoup de Vietnamiens avaient fui leur pays, qu'ils seraient en danger.

Arrivés très jeunes en France, le peu de souvenirs de leur pays natal avait quasiment disparu de leur mémoire, provoquant sans l'avouer, un manque jamais comblé. Un vide qu'ils ne pouvaient affronter sans remettre en cause leur certitude.

Avec ses grands-parents paternels, May Phuong obtenait plus de réponses.

Ils lui parlaient de ce pays avec amour, heureux de lui dirent le vert tendre des rizières quand le riz vient d'être repiqué, évoquant l'odeur sucrée qui s'en dégageait quand elles se paraient de l'or des grains mûrs. Ils lui dirent, en les magnifiant, leurs souvenirs de ce pays qu'ils avaient dû fuir. C'est avec eux qu'elle acquit la maîtrise du vietnamien.

La jeune adolescente s'était juré qu'un jour, elle s'y rendrait.

Elle venait juste de rentrer en 3e.

Elle suivit une section littéraire et après le Bac, elle poursuivit son cursus par une licence d'anglais.

La disparition de ses grands-parents, à quelques mois d'intervalle, l'avait profondément marquée. Elle s'était remise en question, hésitant à continuer ses études.

Ne sachant pas très bien ce qu'elle allait faire, après sa licence, au grand désarroi de ses parents, elle avait accepté bon nombre de missions d'intérim.

L'une des dernières sociétés où elle avait travaillé, spécialisée dans le développement informatique la rappela pour lui proposer un emploi de quelques mois dans leur succursale d'Hô-Chi-Minh-Ville. La directrice des ressources humaines s'était souvenue que May Phuong parlait vietnamien.

Sur place, elle devrait s'occuper des nouveaux arrivants de l'entreprise. Il fallait leur trouver un logement, s'occuper des formalités administratives, les introduire auprès de la communauté française pour qu'ils ne se sentent pas seuls, leur faire découvrir la ville et la région les deux premières semaines de leur arrivée.

Elle avait accepté ce poste d'emblée, tout heureuse à l'idée de découvrir le pays de ses racines !

Pleine de charme et de dynamisme, elle ne parvenait pas à établir de relation amoureuse stable ni à s'entourer de véritables amis. Elle demeurait inaccessible, seul le travail la motivait. Rien ne la retenait à Toulouse, pas même ses parents.

Sans regret, elle était partie pour le pays de ses ancêtres.

May Phuong, où était-elle ?

Encore à Saïgon ou bien de retour en France ?

Leur première rencontre avait eu lieu à Ho-Chi-Minh.

Il accompagnait alors, un groupe de voyageurs-photographes. Près de la poste, elle l'avait abordé lui tendant son téléphone. Elle souhaitait immortaliser la visite de deux amies venues de Toulouse. Ensuite comme lui et son groupe allaient prendre un verre, ils s'étaient tous retrouvés à la terrasse d'un café près de la cathédrale.

Lui quittait la ville le lendemain avec ses clients pour une douzaine de jours dans le delta du Mékong. Ils s'étaient donné rendez-vous à la fin de son séjour, pour dîner, avant qu'il ne prenne l'avion du retour.

Il avait été subjugué par cette jeune femme en âge d'être sa fille. Au début, il l'avait prise pour une Vietnamienne, mais elle avait été trahie par son accent du Sud-Ouest.

Ils s'étaient retrouvés la veille de son départ, comme deux amis de longue date. Dès le début du dîner, chez Duong's, non loin de l'opéra, le regard pétillant, elle lui dit avoir obtenu un poste définitif dans son entreprise.

Elle était heureuse de pouvoir s'établir durablement au Vietnam.

Emportée par son élan, elle lui avait conté une partie de son histoire familiale.

Leur soirée s'était prolongée dans un bar sur Nguyên Hué. Il la laissait parler de ses rêves, de ses projets qui se bousculaient dans sa tête. Elle espérait surtout pouvoir retrouver les lieux où avait vécu sa famille.

Elle avait des photos, au dos desquelles étaient griffonnés des noms de rues, de personnes, qu'elle avait trouvées dans les affaires de ses grands-parents.

Inconsciemment, cette quête d'identité s'était immiscée en elle depuis fort longtemps. Nul doute que si son destin l'avait conduite ici, c'est que cela était écrit quelque part.

Ils s'étaient séparés tard dans la nuit chaude de la ville après avoir tout fait pour retenir le temps, attirés l'un vers l'autre par autre chose que la séduction ou l'attirance physique. Ils avaient l'impression d'avoir vécu quelque chose de commun, de se connaître avant de s'être rencontrés. Ils n'avaient passé que quelques heures ensemble et pourtant ils semblaient partager une intimité de longue date. En se séparant, ils s'étaient échangé leurs coordonnées.

Depuis il était revenu plusieurs fois à Saïgon.

Il s'interdisait de la contacter. Il ne souhaitait pas se mettre en position délicate ou équivoque. Près de deux générations les séparaient.

Il aurait aimé la revoir…

Comme un automate, il a rejoint son hôtel.

Il traverse sans le voir le hall désert et monte dans sa chambre, son chez lui pour combien de temps ?

Désorienté par ce qu'il vient de vivre depuis près de 24 heures, ajouté au décalage horaire toujours présent, il a l'esprit en vrac. Il est comme un enfant devant des boîtes surprises, quand on soulève le couvercle d'une boîte, on ne sait jamais vraiment ce que l'on va trouver au fond.

Il s'allonge, essaie de se reposer. Sans succès.

Il a besoin de sortir. Cela l'apaisera. Il se saisit de l'un de ses boîtiers qu'il place au fond de son sac à dos, tout en sachant qu'il n'est pas en condition de photographier. Il le prend juste pour se donner une contenance et sort de l'hôtel. Ses pas le mènent vers le front de mer, sans but précis, longeant un temps le fleuve Nhat Le sur lequel les bateaux de pêche glissent vers la mer. Le soleil cogne dur en cette fin de matinée. Parvenu à l'embouchure du fleuve, il quitte le trottoir et se dirige vers le rivage.

Le sable est brûlant sous ses pieds nus. Il longe la mer pendant une dizaine de minutes puis s'assied sur le sable sous un palmier. Le va-et-vient des bateaux bleus et rouges qui traquent poissons, calamars ou coquillages l'occupe un moment. Le spectacle est le même que chez lui, si ce n'est la couleur des bateaux et la température de l'eau.

Il est quasiment seul sur la plage, juste un groupe de quatre jeunes qui se promènent le long du rivage, à sa gauche. La chaleur devient plus forte, il se lève et s'en va, suivant dans l'eau les pas du groupe entrevu plus tôt.

Marcher le soulage.

Souvent quand il se sent perdu, il part au hasard, pouvant parcourir ainsi jusqu'à près de vingt kilomètres. Fatiguer le corps pour calmer l'esprit. Il erre ainsi le long de la côte, ne redoutant pas le dard du soleil.

Subitement, il s'arrête, pose ses effets sur le sable et s'enfonce dans l'eau tiède. Au bout d'une dizaine de minutes, il en ressort apaisé. Il balaie du regard le paysage et se rend compte qu'il s'est beaucoup éloigné de la ville.

Il prend le chemin du retour.

La situation s'est éclaircie dans sa tête.

Il restera ici le temps nécessaire pour se trouver. La rencontre de la veille et ce qui s'en est suivi sont une expérience qui va peut-être lui permettre d'accéder à une étape importante de sa quête.

La faim et la soif le tenaillent à présent. Il cherche désespérément un bar ou un restaurant ouvert. Près de 14 h 30, tout est fermé ou presque.

À cette heure, les Vietnamiens font la sieste.

Finalement, presque face à l'embouchure du fleuve Nhat Le, il trouve une petite épicerie ouverte. Il y achète une bouteille d'eau et un paquet de gâteaux et s'assied sur l'un des petits tabourets en plastique vert installés sur le trottoir.

Ils sont seuls, lui et la vieille femme qui tient la boutique.

Hospitalité vietnamienne oblige, elle lui offre une tasse de thé glacé. Tout en grignotant, son regard suit un bateau de pêche au fond de l'horizon.

May Phuong s'invite de nouveau dans ses pensées.

Le CAFI

Il ne connaissait que vaguement l'histoire des rapatriés d'Indochine. Après sa deuxième rencontre avec May Phuong, quand elle lui avait confié son histoire familiale, de retour en France, il s'était documenté. Ce qu'il avait appris l'avait révolté.

Après les accords de Genève de 1954 et la défaite des Français lors de la bataille de Dien Bien Phu, beaucoup de ces Indochinois-Français avaient dû quitter leur pays en 1955 à la suite de la décision du président Ngo Dinh Diem, les obligeant à renoncer à leur nationalité française s'ils voulaient demeurer au Vietnam. Leur accueil en France fut déplorable.

D'autres, plus tard, s'étaient exilés par choix et avaient connu d'autres destins.

Un jour, au pied levé, il avait pris la route pour Sainte-Livrade-sur-Lot.

Pour voir, pour savoir, connaître de plus près ce lieu qui concernait plusieurs centaines d'Indochinois et leurs descendants. Histoires de femmes, d'hommes, d'enfants, comme celle de May Phuong ou de tant d'autres Vietnamiens, d'Eurasiens se mêlant à l'Histoire. Avec des origines différentes, mais toutes liées à cette Histoire commune de la France et du Vietnam.

Comme la sienne.

La route avait été longue.

Près de huit heures de conduite pour parvenir au bord du Lot en fin d'après-midi.

De là où il se trouve, l'ensemble du bourg, tassé autour de son église, ressemble à l'un de ces « plus beaux villages de France » avec ses toits de tuiles rouges. Sous la lumière chaude du soleil, la bastide est comme endormie. Le Lot, bleu en cette fin de journée, coule paisiblement sous le pont qui donne accès au bourg.

Avant son départ, il avait pu joindre par téléphone l'un des responsables du CAFI (Centre d'Accueil des Français d'Indochine). Ils s'y étaient donné rendez-vous en fin de journée. Il avait encore deux bonnes heures devant lui. Juste le temps de faire connaissance avec cette bastide. Il ignore si May Phuong y est venue. Elle ne lui a rien dit à ce sujet ou peut-être ne souhaitait pas en parler.

Il laisse sa voiture au centre de ce gros village qui accueille un festival de bande dessinée, au vu des affiches et panneaux qu'il voit un peu partout. Il fait un tour rapide dans l'église Sainte-Livrade, par déformation professionnelle. Il a tant photographié d'églises, de châteaux et autres monuments pour la réalisation de guides touristiques. Il n'y trouve rien de vraiment intéressant, hormis le chevet qui date de l'époque romane. Derrière l'église, une halle où doit se tenir le marché et un peu plus loin une grande tour carrée, vestige d'un autre temps. À part quelques voitures, il ne croise que quelques personnes âgées.

Tout ici respire le silence. La bastide ne doit s'agiter que le jour du marché ou le week-end, peut-être.

Il reprend le volant et longe le Lot sur près de 2 km. Son contact l'attend sur place. Salutations rapides, l'homme est typé, eurasien comme lui, de père français.

Patrick Fernand a vécu ici de longues années, le temps de son enfance et de son adolescence. Ensuite, comme beaucoup de jeunes du centre, il est « monté à Paris » pour revenir à l'âge de la retraite. Il s'est installé non loin de là, dans un petit village.

Il lui raconte l'arrivée de sa famille, en avril 1956. Un mois de mer pour venir de Saïgon, puis le trajet en bus depuis Marseille. Ce sont les souvenirs de ses parents, pas les siens, il était trop jeune.

L'homme est bavard, heureux qu'une oreille attentive reçoive ses confidences.

Le camp avait été restauré à la hâte, au début de la guerre, pour accueillir des militaires, d'où son environnement spartiate, barbelés tout autour, un mât pour le salut des couleurs…

De longs baraquements insalubres. 36 au total, séparés par des allées de boue.

Près de 1200 personnes vivront ici. Beaucoup de femmes seules et leurs enfants et des familles de Vietnamiens qui avaient choisi d'être français, comme les grands-parents de May Phuong.

Ces longs bâtiments ont été divisés sommairement en 300 logements de deux à quatre pièces, sans eau ni toilettes. L'hiver, c'est à peine si le poêle suffisait à réchauffer l'intérieur des habitations.

Ces réfugiés français ont vécu ici, ignorés de cette France pour laquelle certains ont donné leur vie.

À l'heure où il visite le centre, il ne subsiste plus que quelques bâtiments en l'état pour témoigner de ce qu'ont dû endurer leurs habitants. En 2007, les premières mesures d'envergure ont été prises pour réhabiliter le camp et donner aux survivants des lieux d'habitation enfin décents. Aux longs bâtiments ont succédé de petits pavillons.

L'ambiance n'y est plus la même, regrette Patrick.

Il y a le confort, mais le mode de vie à la vietnamienne a disparu. Autrefois, comme au pays, tout le monde vivait dans la rue. Aujourd'hui, chacun se cloître derrière ses murs. Subsistent la pagode et l'église qui ont à peine changé.

Selon mon guide, les autorités religieuses et administratives ne se sont pas embarrassées pour franciser, d'office, bon nombre d'enfants dont les mères ne savaient ni lire ni écrire.

C'est ainsi qu'au sein d'une même fratrie on peut retrouver des noms différents : Pierre André, Marcelle Dubois… Là encore, la République s'est arrangée avec l'Histoire, gommant les origines…

En visitant la pagode, puis un logement témoin dont les papiers peints se détachent en lambeaux, devant le squelette d'un lit en fer, il ne peut s'empêcher de penser à la famille de May Phuong. Ses grands-parents et tous les autres ont dû faire preuve de courage, taire leurs illusions sur la Mère Patrie, sans jamais se plaindre pour parvenir à s'assimiler. S'ils se rebellaient contre les conditions de vie, me raconte mon guide, ils étaient exclus du camp. Le chemin vers l'intégration était long et semé d'embûches.

Si leur histoire est différente de la sienne, elles se rejoignent.

Patrick Fernand le fait entrer dans un bâtiment vétuste mais relativement propre. La pièce semble être un décor de film des années soixante. Ici, l'association du CAFI entrepose une partie de son matériel de fête, y organise des repas…

Après un temps de silence, dans un petit rire gêné, Patrick lui demande s'il entend le plancher craquer.

C'était le bureau du directeur.

C'est toujours avec appréhension que Patrick s'y rendait, même s'il savait n'avoir rien fait de répréhensible. Ce craquement du parquet, alors qu'il faisait tout pour ne pas troubler le maître des lieux, s'ajoutait à l'angoisse du rendez-vous à venir. Ce directeur, ou ceux qui lui ont succédé, avait tant de pouvoir sur l'ensemble de la communauté indochinoise qu'il pouvait, d'un seul mot écrit de sa main, briser davantage le sort déjà pitoyable d'une famille.

Aujourd'hui, cette angoisse sourde habite toujours Patrick quand il pénètre dans ce lieu hanté de mauvais souvenirs…

Déambulant ainsi au milieu des bâtiments déserts sous ce soleil de printemps, aux côtés de son guide, il imagine l'arrivée de ces familles qui ont tout laissé derrière elles pour cette France qu'elles avaient choisie.

À l'accueil glacial des autorités se double celui de l'hiver.

Eux qui rêvent de maisons françaises vues dans les journaux, doivent se contenter de cet habitat de punition. Leur liberté d'aller et venir est entravée de demandes d'autorisation pour sortir du camp en dehors des heures de travail.

Ils sont venus libres, ils se retrouvent prisonniers.

Il imagine la déception des grands-parents de May Phuong. Ils avaient pu avoir une idée du confort des maisons françaises en raison de leur emploi à Saïgon. Ils étaient à mille lieues d'imaginer que seule une minorité de Français vivaient dans le confort et l'opulence.

Ici, la France leur propose ce qu'elle a de plus sombre, la face cachée de la devise :

« Liberté, Égalité, Fraternité ».

Pour faire face à cette adversité, la communauté s'était unie, parvenant à recréer une petite Indochine, à vivre comme au pays dès que le beau temps le permettait.

Patrick lui parle, mais il l'entend à peine.

Il imagine cette vie entre les baraquements.

Il entend le rire des enfants, les discussions des femmes qui préparent le repas, s'interpellant d'une allée à l'autre. Il perçoit les discussions animées des hommes qui disputent des parties de pétanque, le soir, après leur journée de labeur ou le dimanche. Il hume les effluves soutenus de l'encens qui flottent sur tout le camp et se mêlent aux fumets des popotes. Ce mélange odorant agit comme une drogue qui transporte ceux qui attendent la nuit, assis sur leurs talons, les yeux dans le vague, jusqu'au bord du Mékong, ou au milieu des rizières…

Les paroles de Patrick prolongent ses pensées :

« Beaucoup de femmes travaillaient dans les champs, à la récolte des légumes, des haricots. C'était joli ces chapeaux coniques dans le vert des vallons… ». Après un temps d'arrêt, il poursuit d'une voix basse : « on leur avait donné le surnom de Chinois verts… ».

Son estomac se noue.

Une boule lui bloque la gorge, ses yeux se mouillent. Souvenir oublié, il était gamin, on le surnommait : « chinois vert à pattes jaunes ».

Encore et toujours ce racisme, en tout lieu, et toute époque, plaie qui ne se fermera jamais en lui, en eux.

Il s'étonne. Aucun nom vietnamien n'est présent sur l'une des plaques de rue ou de place du nouveau lotissement.

« La communauté en a proposé pour se rappeler, se souvenir du pays. Aucun nom proposé n'a été retenu », murmure Patrick, d'une voix lasse.

Seuls des noms neutres du genre hibiscus, ou d'autres rappelant l'époque coloniale comme Tourane (ancien nom de Danang) apparaissent sur les plaques bleues.

Non contente de les avoir oubliés pendant plus de 50 ans, la France leur fait encore payer le prix fort en effaçant leur identité, leur origine. Comme si le but était de les oublier, de nier leur existence.

Arrivés à l'hiver 56, plein d'espoir envers la Mère Patrie, ils n'ont récolté que des fruits amers.

Voilà pourquoi Loan et Duy avaient tant de réticences à apprendre le vietnamien à May Phuong. Ils ont fait en sorte qu'elle devienne invisible, comme il l'a fait pendant des années. Se renier en partie pour se protéger et essayer de parvenir à s'intégrer, à se faire accepter.

Ils terminent leur visite dans l'une des deux épiceries du CAFI. La jeune commerçante est née ici. Eurasienne, elle parle vietnamien, elle l'a appris seule sur Internet, mais ne veut surtout pas aller au Vietnam.

« Pourquoi ? », silence.

Vietnam est en eux, à chacun son histoire…

En la quittant, dans un sourire, Patrick lui confie qu'il a fait le voyage du retour. Au pays, il a retrouvé de la famille qu'il revoit chaque année.

« Au Vietnam, pour tout le monde je suis le cousin de France », dit-il, avec regret. Là-bas aussi, sa différence reste difficile à oublier.

Ils se quittent derrière la chapelle où est célébrée la messe chaque lundi. Les autres fois, c'est pour un dernier adieu à l'un des anciens ou anciennes du CAFI.

Cette visite l'a bouleversé.

Dans le soir couchant, au bord du Lot, il songe à cette visite, aux grands-parents de May Phuong, à leur vie ici.

Lui n'a pas ces souvenirs. Il imagine…

Dernier regard vers la rivière qui coule paisiblement. Un peu en amont, il est un endroit où les jeunes du centre se baignaient. Ils l'avaient nommé Tahiti, île lointaine qui leur était inconnue, mais les faisait rêver.

Chacun vit avec son histoire, sa souffrance. Tous celles et ceux qu'il a rencontrés portent au fond d'eux cette blessure liée à leur double origine.

Être métis n'est pas simple à vivre. Il faut pouvoir l'accepter, s'accepter.

Chacun survit à sa manière. Lui, qui s'est renié pendant des années, aujourd'hui, a soif d'apprendre, de découvrir qui il est.

Une tape sur l'épaule.

La vieille commerçante au sourire édenté lui propose une autre tasse de thé glacé qu'il accepte volontiers. Elle parle, elle rit, s'asseye près de lui. Sa présence le réconforte. Le soleil est encore brûlant malgré le vent du nord qui a forci. Toujours peu de monde à braver cette chaleur torride. Il se lève, salut d'un « *tạm biệt* » (au revoir) la vieille femme qui lui répond d'un signe de la main.

Il regagne son hôtel, tout proche.

Thi Làn

Il se glisse avec bonheur sous le jet de la douche. L'eau fraîche le revigore.

Devant l'ordinateur, il consulte sa messagerie. Rien d'important. Tour rapide des réseaux sociaux qu'il alimente en photos. Sa dernière publication a été vue de nombreuses fois, ce qui ne l'étonne même plus. Il utilise ces relais virtuels pour rendre visible son activité de photographe. De temps à autre, cela lui permet de vendre un tirage quelque part dans le monde.

Son PC diffuse en sourdine *Tabarly*, de Yann Tiersen[1]. Il se repose un peu avant d'aller dîner. Un message sur son téléphone, le sort de sa somnolence.

C'est Thi Làn, l'une de ses connaissances. Elle arrive à Dong Hoi.

« Peut-on dîner ensemble ? »

Elle n'est là que pour la soirée. Elle repartira le lendemain avec ses clients.

Elle a vu ses photos sur Facebook, et savait donc qu'il se trouvait ici.

Thi Làn est guide francophone. Elle accompagne des groupes de touristes au Vietnam. Elle l'a accompagné plusieurs fois lors

---

[1] Yann Tiersen est un auteur compositeur français, il a notamment composé la musique du film : Amélie Poulain

des voyages photos qu'il anime dans le pays. La dernière fois qu'il l'a vue, c'était en octobre l'an passé, lors de son dernier séjour à Saïgon.

Elle lui propose 20 h, au Thai Binh sur Lê Quy Don, à quelques centaines de mètres de l'hôtel.

Quand il arrive un quart d'heure avant leur rendez-vous, elle est déjà là, rit et plaisante avec d'autres clients. Ils sont heureux de se retrouver. Elle a pris en charge un groupe de cinq Français à Hanoï. Ils ont visité la baie d'Halong, suivie de la baie d'Halong terrestre. Ils partiront demain pour les grottes du parc Phong Na avant de continuer vers Hué et Hoi An. Ils prendront un vol à Danang pour Ho-Chi-Minh d'où ses clients repartiront pour la France. Ils sont installés dans un hôtel près de la Citadelle en face du fleuve. Ses clients ayant quartier libre, elle en a profité pour le revoir.

Thi Làn s'interroge sur sa présence à Dong Hoi.

Il lui explique sans trop de détails qu'il avait envie de s'y attarder un moment.

Elle lui demande ce qu'il fera le lendemain. Il aimerait remonter le fleuve, découvrir de nouveaux paysages. Sans plus attendre, elle se saisit de son téléphone. Au bout de quelques minutes d'une conversation qui lui échappe, elle raccroche, énigmatique.

Ils terminent leur dîner, quand elle reçoit un appel.

Elle le regarde en riant et lui annonce qu'il devra se trouver à 6 h demain matin, de ce côté-ci du fleuve, après le nouveau pont. Un pêcheur l'attendra pour une balade sur la rivière.

Thi Làn lui a trouvé une solution en quelques minutes. Cette fille est un vrai couteau suisse !

Pour la remercier, il l'invite à prendre un verre au S'Café. Thi Làn lui demande s'il a prévu un autre voyage dans le sud, l'occasion de travailler de nouveau ensemble. Il n'a rien en vue pour l'instant, mais elle peut compter sur lui dès qu'il aura un nouveau projet de voyage. Ils vont se lever à l'aube et ne s'attardent pas. Heureux de cette soirée, ils se promettent de se revoir à Saïgon, quand il y reviendra.

5 h 30 le matin, le thermomètre affiche déjà 27 °C.

Il emprunte un vélo à l'hôtel et file à son rendez-vous. Il parvient rapidement au nouveau pont, là où le fleuve fait un coude et s'éloigne de la ville. Il est passé devant l'hôtel de

Thi Làn. Il aurait bien aimé faire cette balade en sa compagnie. Chaque voyage fait avec elle a été l'objet de découvertes et de rencontres intéressantes. Un peu en avance, il se pose sur un banc et contemple le ballet des bateaux de pêche sur le fleuve.

Elle est arrivée à l'heure dite.

Une petite barque en bois, bleue et rouge, comme tous les bateaux du Vietnam ou presque. À son bord, le pêcheur lui fait signe. L'homme est sans âge, maigre, les côtes saillantes sous sa peau. Une peau, burinée par le soleil et l'eau, dont les cicatrices témoignent de la difficulté de son métier. Visage édenté, souriant à la vie, les yeux pétillants de malice, l'homme ne cesse de lui parler. Vêtu d'un simple short à la couleur douteuse et d'un tricot de corps en haillon, pieds nus, il dirige son embarcation, assis à l'arrière. Le pied droit posé sur une barre de métal faisant office d'accélérateur, la main gauche tenant une perche en bois servant de barre, il dirige son esquif avec habilité. La barque est près de la berge, il l'invite à le rejoindre. Lentement, l'embarcation, portée par le courant, quitte la rive, puis son pilote lui fait faire demi-tour pour remonter la rivière. Ils s'éloignent de Dong Hoi. Peu à peu, le paysage s'ouvre sur la campagne. À droite, la cordillère Annamitique se dore des rayons du soleil levant, à gauche, la barque longe des viviers bordés de véritables jardins flottants. Le long des berges, de pauvres maisons de pêcheurs s'éveillent. Quelques carcasses de bateaux pourrissent le long de la rive.

Plus loin, le paysage s'ouvre sur des rizières ourlées au loin par les montagnes.

La piste Ho-Chi-Minh les traverse avant de rejoindre le Laos puis le Cambodge.

Celle qui a permis à ce peuple obstiné de vaincre l'une des plus grandes puissances du monde est aujourd'hui dédiée à la paix. Ici, elle n'est qu'une simple route et n'a plus rien de comparable avec ce qu'elle était du temps des combats. Il l'a parcourue sur une petite portion. Difficile d'imaginer ces nombreuses femmes poussant à bout de bras, dans la boue, sur une piste étroite, des vélos surchargés d'engins de guerre en pièces détachées. Les années de paix ont gommé le théâtre des combats.

Le pêcheur stoppe son moteur et s'apprête à jeter son filet.

Il pêche à l'épervier. Il scrute une dernière fois la surface de l'eau et d'un geste majestueux jette le filet qui se pose à la surface en un cercle presque parfait. Les petits plombs dont il est lesté l'entraînent rapidement près du fond. Le pêcheur le tire rapidement à lui. Son visage s'épanouit d'un grand sourire. Le filet est lourd, plein de petits poissons brillants. Il le dépose tel quel dans un bac en plastique et renouvelle l'opération avec un deuxième filet sorti prestement d'un vieux bidon jaune. Quand il le remonte, la prise semble moins abondante, mais le pêcheur opine du chef. Il est satisfait.

Il s'assied à la barre, redémarre le moteur pour gagner la berge toute proche où il amarre sa barque. La récolte des poissons commence. Il a placé deux grands paniers en bambou tressé au fond de la barque et y lance tous les poissons qu'il décroche. Les mouvements sont vifs, l'homme est habile. Pendant que le pêcheur termine sa récolte, lui admire le paysage.

Le vert est partout, de la rive aux montagnes. La lumière du matin, déjà forte, permet quand même d'en saisir les nuances et les subtilités, du plus tendre au plus foncé.

Le retour vers Dong Hoi est rapide.

Il donne quelques billets au pêcheur, puis enfourche son vélo pour revenir vers la ville. Il se rend compte qu'il n'a même pas pris son appareil photo. Cela lui arrive de plus en plus souvent de l'oublier. Acte volontaire ou inconscient ? Peu importe, il a passé un bon moment. Il repasse devant l'hôtel où a dormi Thi Làn. Elle doit être rendue à Phong Na à cette heure. Il lui enverra un message pour la remercier de cette balade sur la rivière.

Il range le vélo devant l'hôtel, puis va manger son phô dans son boui-boui préféré. Malgré l'heure un peu tardive, il y a encore beaucoup de clients. Ici, se côtoient aussi bien des gens très modestes que d'autres très aisés. Ces derniers arrivent en voiture, ayant peut-être traversé toute la ville pour venir avaler leur soupe dans cette gargote réputée.

Hommes en chemise blanche, montrant ostensiblement leur réussite en arborant bracelets et bijoux en or, femmes parées pour une réception, ignorant tout le monde du regard.

Cette nouvelle élite s'assied sur les petits tabourets en plastique, devant des tables basses à la propreté parfois douteuse, chacun essuyant d'une serviette en papier sa paire de baguettes et sa cuillère. Ces nouveaux riches qui hier encore, occupaient des postes subalternes ou effectuaient divers petits métiers avant de s'en sortir, ont conservé leurs habitudes de leur vie d'avant. Le Vietnam est un peu l'Eldorado pour celui qui ose faire du business, mais les fortunes se font et se défont rapidement. Savoir remercier qui peut vous aider est l'une des clés du succès.

Peu après, revenu dans sa chambre, après s'être douché et reposé, assis au bord du lit, il prend son petit manuel des expressions usuelles vietnamiennes et entame son cours quotidien. Souvent, son enregistrement vocal lui indique que sa diction est incompréhensible, mais il persévère malgré tout.

La chaleur interdit toute sortie non urgente.

Il en profite pour classer, sélectionner, le second choix des photos réalisées lors de son précédent voyage. Il prend son temps, ouvre les fichiers un à un, se remémore la situation dans laquelle elles ont été prises. Les souvenirs affluent.

Ces instants d'intense émotion, ces rencontres qui lui ont permis d'appréhender l'âme vietnamienne du nord au sud sont importants pour lui.

Partout la même pudeur, cachée par le sourire et quelquefois sous une rudesse apparente. Pas d'effusion, juste un regard quand on reçoit un cadeau, un « *merci* » rapide et la conversation s'engage sur un autre sujet. Les sentiments ne se montrent pas devant l'étranger. Cette attitude perturbe celui qui ne connaît pas les codes qui régissent ici les relations sociales.

Lui n'est plus surpris et sait se faire accepter.

La barrière de la langue est suppléée par les regards, les mimiques, parfois par le toucher. On vous prend la main, on vous tape l'épaule, le bras pour exprimer l'intensité des sentiments. Quelques gestes d'amitié suffisent. La parole est inutile, la communication s'établit, naturelle, sans arrière-pensée, comme une offrande.

Parfois c'est l'inverse, les rapports sont exagérés. On vous invite à manger, à boire surtout ! Avec force de canettes de bière, d'alcool de riz, ou de maïs, suivant les régions. La barrière de la langue s'écroule vite, mais le jeu peut s'avérer dangereux et traître pour le corps et la tête !

En général, tout s'exprime par petites touches qu'il faut savoir deviner, comprendre.

Il en va de même avec les paysages, les personnes qu'il photographie. Au Vietnam, photographier est un exercice difficile. Si certains paysages peuvent être sublimes, la lumière est souvent dure, blanche. Il lui a fallu l'apprivoiser, adapter sa façon d'exercer son art, modifier ses réglages habituels. S'il n'a pas su déceler et comprendre les signes imperceptibles que lui propose la nature, il n'aura pas de photos, seulement des images.

L'œil doit s'accoutumer à voir autrement. Ses yeux ont plus souvent regardé que photographié. Il a laissé les sons, les odeurs, les saveurs, les couleurs, l'envahir, prendre possession de lui. Photographier, c'est prendre le temps de la rencontre de son sujet. Il a pour lui l'expérience du temps.

Dinh

Les photos défilent sur son écran. Arrêt sur image.

Celle-ci a été prise à Hué, près de la rivière des Parfums…

Tout au long de ce dernier voyage, commencé il y a peu, il n'a pu s'empêcher de penser à son père, Dinh. Ce père qu'il a mal connu du fait des circonstances de la vie ou qu'il n'a pas pris le temps de connaître, préférant se jeter à corps perdu dans le tourbillon de la vie. Le temps est passé trop vite…

Arraché à son pays, à l'adolescence, par le colonisateur français, Dinh a été privé d'une jeunesse, d'une vie au milieu des siens. À l'aube de la Seconde Guerre mondiale, le ministre des Colonies Georges Mandel (de son vrai nom Louis Rothschild) voulait réitérer ce que la France avait fait en 14-18. Le plan Mandel comptait faire venir en France près de 400 000 travailleurs et tirailleurs indochinois.

Finalement, seuls 20 000 travailleurs et 7 000 tirailleurs sont arrivés, pour la plupart, en mai ou juin 1940. Pour prélever cette contribution humaine sur la terre indochinoise, l'administration coloniale s'est appuyée sur les fonctionnaires locaux qu'elle avait formés.

Elle savait que cette élite vietnamienne ferait montre de zèle pour s'acquitter de sa tâche en espérant, comme récompense, un avancement de carrière pour s'établir en France. Chaque famille devait donner un « mâle » âgé de 20 à 30 ans. Les récalcitrants étaient pris de force, mis en prison ou pire encore.

C'est le frère aîné de son père, Thuy, qui aurait dû venir combattre. Thuy était marié et avait deux enfants. Dinh, le cadet, tout juste âgé d'un peu plus de 17 ans, a pris la place de ce frère qui avait déjà une famille.

À son arrivée à Marseille, après quelques semaines sur les mers, la guerre était terminée. L'armée française avait capitulé face aux troupes allemandes.

Son père et ses compagnons ont été confinés dans différents camps des Pyrénées, de Cerbère à Saint-Jean-Pied de Port, avec pour compagnons d'infortune, des réfugiés républicains espagnols.

Ils se sont retrouvés prisonniers sous l'autorité de la police, de la gendarmerie.

Leurs conditions de détention, se souvenait son père, les rares fois où il acceptait de les évoquer, étaient très difficiles. Ils devaient lutter contre le froid, l'humidité, la maladie, le manque de nourriture qui les obligeait à chasser tout ce qu'ils pouvaient attraper, à commettre des larcins de nuit dans les fermes. Ces conditions de détention étaient accentuées par les brimades que leur faisaient subir ceux qui assuraient leur garde.

En 1948, son père avait failli être rapatrié dans son pays. Mais sa famille l'avait prévenu que la situation devenait de plus en plus difficile et dangereuse avec la guerre de libération contre la France.

Il était resté en métropole.

Comme tant d'autres, Dinh était monté à Paris. Il avait travaillé chez Renault, fait maints petits boulots. Ne sachant ni lire ni écrire, il prenait tout ce qu'il trouvait. Par hasard, il avait appris le métier de cuisinier. Il a effectué toute sa carrière dans ce qui est devenu sa passion.

Durant de longues années, dans cette France d'après-guerre, il a travaillé en « maison bourgeoise », chez différents notables. C'est ainsi que Dinh a rencontré Lucette et que lui est né à l'hiver 53.

Jamais il n'a fait écho de comportement raciste à son égard.

Dinh ne s'est jamais plaint, et pourtant…

Lui se souvient.

Parfois, son père disait sa fatigue à ramener des kilos de victuailles à pied, tandis que ses patrons, venus faire les achats, repartaient en voiture. Chez ses différents employeurs, le personnel de maison était corvéable à merci, encore plus pour un étranger. D'autres fois, son père revenait l'air absent, triste, épuisé. Lui qui était d'un naturel joyeux restait muet, sans jouer avec ses enfants.

Lucette, sa mère, avait fait preuve de caractère en épousant Dinh, faisant fi des « qu'en dira-t-on ». Il se souvient qu'elle n'aimait pas que son père fréquente ses compatriotes à Paris où il travaillait. Elle avait ses raisons, car alors, c'étaient des parties de jeux divers dans lesquelles l'argent du ménage pouvait s'envoler.

Il ne leur a quasiment rien transmis de son pays.

Il leur racontait parfois, les yeux brillant de joie, ses souvenirs de gamin, d'adolescent, au milieu des rizières, courant après les buffles.

Rires des souvenirs d'enfance…

Avec le recul des années, il se dit que son père ne leur a pas partagé sa souffrance du déracinement, les vexations subies, pour les préserver.

Dinh avait tout fait pour s'assimiler, se faire accepter. Il souhaitait même se faire naturaliser français. Une démarche qui n'a jamais abouti. Problème administratif, peut-être…

Il passe à la photo suivante.

Hué, toujours.

Le berceau de sa famille paternelle. La photo de son grand-père ne le quitte jamais, aujourd'hui, plus de tirage papier, mais un fichier numérique sur son téléphone. Il aurait aimé retrouver la tombe de ce dernier. Il a manqué l'occasion de le faire lors de son premier voyage. Il aurait pu demander à son oncle Thuy quand ils se sont rencontrés à Danang, mais ce qu'il avait vécu à l'époque était tellement intense et bouleversant qu'il n'y avait pas pensé.

Ces retrouvailles l'avaient perturbé. Elles avaient réveillé en lui ce qu'il s'efforçait de cacher. Ne pas répondre à cet appel, il n'envisageait pas de revenir…

S'il avait eu plus de courage, tout aurait pu être différent…

Hiên

Un coup d'œil à sa montre lui indique 12 h 35. Affronter la canicule qui l'attend dehors ne l'incite pas à sortir. Il n'a pas vraiment faim, mais il n'a pas non plus envie de rester cloîtré. L'hôtel est désert. La femme de ménage qui fait office de gardienne fait déjà la sieste. Ici, la plupart des commerces ferment entre midi et 15 h. Le repos aux heures les plus chaudes permet à tous de venir à bout des longues journées de travail.

Sitôt dehors, il a l'impression d'être dans un four. Les rues sont désertes. Seules quelques silhouettes se déplacent à l'ombre des immeubles. Il longe le canal, franchit la passerelle, puis s'engouffre dans Duong Van An, une rue ombragée. Il entre chez Bun Dau Mam Tom, en quête d'air conditionné. Presque personne dans la salle à cette heure. La famille qui tient le restaurant est en train de déjeuner, les clients présents s'apprêtent à partir. Le père s'approche avec une carte et lui indique du doigt un *bun dau nho*, lui fait signe que c'est très bon. Il acquiesce, il verra bien.

Le patron lui propose une bière, il préférerait un thé.

Il est agréablement surpris du plat à base de vermicelles de riz froids, accompagnés de tofu frit, de lard, et de crudités, le tout accompagné d'une sauce à base de poisson et de piment rouge. Son verre de thé lui a été offert.

En partant, le patron tente de lui expliquer quelque chose. Dialogue difficile jusqu'au moment où il comprend « *Au Lac* ». Il répète le nom de son hôtel, alors l'homme, avec force signes, lui fait comprendre qu'il l'a déjà vu, peut être près de l'hôtel.

Il ne passe plus inaperçu dans le quartier depuis son retour et plusieurs personnes lui font comprendre qu'elles sont heureuses de le revoir, à l'instar de Hiên, sa marchande de fruits.

Lors de son second séjour, sur le marché, il lui avait acheté des ananas. Ils avaient vite sympathisé. Elle lui avait demandé son téléphone et avait tapé « *Tôi tên Hiên* » (je m'appelle Hiên). Il avait décliné son prénom. Cela avait bien fait rire sa voisine, la marchande de fleurs. Celle-ci avait dû raconter une bonne plaisanterie sur son compte car elles riaient de concert quand il les a quittées.

Il retrouve Hiên le soir, quand il longe le boulevard qui mène au pont Nhât Lć. Installée à un carrefour, elle y vend des fruits et des canettes de boissons jusque tard dans la soirée. Une longue journée de labeur pour nourrir ses trois enfants. Elle était contente de le revoir et encore plus quand il lui a offert le tirage du portrait qu'il avait réalisé d'elle, lors de son précédent séjour.

Ces marques de sympathie le confortent dans son choix de rester à Dong Hoi.

Lâm

Déjà trois jours qu'il est ici.

Il a l'impression que cela fait bien plus longtemps.

L'idée de se trouver un appartement chemine. Il pourrait ainsi baigner davantage dans la vie quotidienne locale. Il est plongé dans ces considérations quand il perçoit le signal de sa messagerie. Finalement, il n'est pas si seul ! Cette fois-ci, le message provient de Lâm. C'est devenu une habitude, à chacun de ses voyages au Vietnam, il reçoit un message de son ami.

Toujours le Vietnam comme trait d'union, encore une histoire dans l'Histoire.

Lâm a fait partie de ces boat people qui ont fui le pays après la chute de Saïgon le 30 avril 1975. Il l'avait rencontré pour la première fois au centre d'accueil des réfugiés de Cognin-les-Gorges, dans le département de l'Isère.

À l'époque, il habitait Grenoble. Il s'était rendu plusieurs fois dans ce centre pour la réalisation d'un reportage photo, au cours de l'année 80. Il avait sympathisé avec ce gamin de 13 ans, à l'époque, l'un des rares à s'exprimer dans un français compréhensible. Cela faisait déjà quelques mois qu'il vivait au centre avec sa mère et sa sœur. Son père et son jeune frère ont disparu lors du naufrage de leur embarcation dans le golfe de Thaïlande.

Il ne sait pas grand-chose de la vie de Lâm. Il ignore les circonstances dans lesquelles sa famille a quitté le Vietnam depuis la pointe extrême du pays. Il sait juste qu'ils ont embarqué à Rach Gia où se trouvaient de nombreux bateaux de pêche.

De leur séjour dans un camp de réfugiés, de leur parcours depuis la Thaïlande pour rejoindre la France, il ne sait rien. Jusqu'à ce jour, Lâm ne s'est pas encore ouvert. À 52 ans, Lâm ne parvient toujours pas à parler de ce drame.

Un peu plus d'un an après leur rencontre à Cognin-les-Gorges, Lâm et sa famille partirent s'installer dans la région lyonnaise, épaulés par une association d'aide aux réfugiés. Lâm, malgré une adolescence tourmentée, ponctuée par de nombreuses bagarres sur fond de racisme, réussit ses études d'aide-soignant.

Il lui rendait visite de temps en temps, quand ses déplacements l'entraînaient vers Lyon. Avec le temps, l'adolescent devenait plus insaisissable, il avait cessé d'aller le voir.

Parfois, Lâm l'appelait. Conversations réduites au strict minimum, tout allait bien. Un jour, il avait reçu un long message sur son répondeur, le jeune homme était heureux de lui annoncer l'obtention de son diplôme.

Il l'avait rappelé pour le féliciter.

Ils s'étaient revus.

Deux ou trois ans après, Lâm quittait la région lyonnaise. Il avait trouvé un poste qui lui convenait mieux à Saint-Étienne.

Ils sont restés en contact, de façon épisodique, jusqu'au jour où Lâm l'a prévenu de la naissance de sa fille. C'est à cette occasion qu'il avait appris que Lâm s'était marié à Lucie, native d'un petit village du Forez.

Ils s'étaient retrouvés deux ou trois fois après la naissance de sa fille. Par la suite, téléphones portables, courriels et webcams avaient raccourci les distances.

Lâm et sa femme vivent dans la banlieue stéphanoise. Leur fille s'est installée non loin de chez eux.

Lâm ne s'est jamais plaint de sa vie d'exilé et ne parle jamais de son passé.

La France a été sa planche de salut.

Oubliés les coups reçus à l'adolescence ?

Sans doute a-t-il dû souvent courber le dos en silence, comme la fois où seule sa voiture a été vandalisée dans le quartier où il venait de s'installer, peu après la naissance de leur fille. Il n'a pas voulu porter plainte. « Des bêtises de gamins », lui avait-il dit…

Lâm s'est promis de revenir au Vietnam quand il prendrait sa retraite d'aide-soignant, ce qui ne devrait plus tarder maintenant. Il a l'impression que ce message de Lâm, comme les précédents, est un fil que ce dernier tisse vers son pays natal.

Au cours de leur dernière conversation, une fois de plus, Lâm avait abordé l'époque de la réunification qui les avait contraints à s'exiler.

« Adulte, je serais resté au pays pour participer à sa reconstruction », lui confia-t-il.

Beaucoup d'Eurasiens ou d'exilés ont en tête ce voyage du retour. Beaucoup restent sur le quai. Surmonter les craintes, les doutes, les souvenirs est un challenge.

L'exemple le plus parlant qu'il a en tête est celui de Pierre. Né à Hanoï, d'un père français, il a quitté le Vietnam à l'âge de six ans. Il a encore des cousins dans cette ville. Ils s'échangent des lettres de temps à autre. Pierre est venu plusieurs fois en

Asie, au Laos, au Cambodge, en Thaïlande, en Indonésie. À ce jour, il n'a toujours pas réussi à prendre l'avion pour Hanoï, alors qu'il rêve de ce voyage du retour…

Toutes ces histoires individuelles entre le Vietnam et la France révèlent cette souffrance dont on parle ou que l'on tait. Chaque Eurasien ou expatrié possède son histoire et son point de vue sur celle du Vietnam. Leur présence en France n'a pas les mêmes causes. Leur intégration ou assimilation sont différentes. La Mère Patrie n'a pas distribué équitablement les bonbons sucrés et acides…

Ce qu'ils ont tous en commun est ce « mal du pays » qui les habite.

La majorité sans doute, par culture, est dans l'acceptation de leur destin avec la nostalgie du pays perdu. D'autres comme lui, partent à la recherche de leurs origines jusqu'à en perdre la raison.

L'esprit un peu ailleurs, il répond à Lâm. Quelques mots pour le remercier, lui dire que son séjour se passe bien et l'informer qu'il va rester au Vietnam pour plusieurs mois, sans doute.

Nouvelle rencontre paranormale

Les premiers jours sont passés.

Que va-t-il faire maintenant ? À par ses amis et de vagues connaissances, il n'a pas d'attaches familiales à Dong Hoi. Il ignore si des membres, même éloignés, de la famille de son père vivent encore au Vietnam.

Il est seul avec lui-même, dans ce pays dont il est malade quand il n'y est pas. L'osmose est-elle possible ?

La réalité, la sienne, est bien présente. Il peut la nommer, mais que va-t-il en faire ? Il en connaît les cartes, sera-t-il capable de rentrer dans le jeu et de le gagner ? Qu'il y ait match nul, il l'a déjà envisagé, mais perdre non !

Ce serait terrible pour lui, dramatique.

Seul le temps sera son allié. Il lui confirmera ou non s'il a trouvé ce qu'il était venu chercher.

Pour soulager son esprit confus, il prend le chemin de la plage.

Il marche vite. Les restaurateurs ambulants installent déjà leurs tables et tabourets pour le dîner. Les victuailles qui seront cuisinées tout à l'heure sont livrées pour la plupart en scooter. Seule la glace est livrée en camion, sous la forme de gros pains pour conserver les viandes, les poissons, les légumes, et de gros glaçons pour rafraîchir les boissons.

Vaincu par le soleil encore torride, il traverse le boulevard pour marcher à l'ombre des immeubles.

Déjà du monde dans l'eau. Surtout là où elle est peu profonde. Des femmes et des enfants barbotent près du rivage. Il repère un peu plus loin, sur la gauche de la plage, un espace quasi désert. La profondeur doit y être plus importante. Impression confirmée dès qu'il se jette à l'eau. Après avoir nagé, il s'assied sur sa serviette, s'amusant du spectacle des Vietnamiens qui presque tous habillés s'avancent dans l'eau jusqu'aux genoux pour faire des selfies ! Il est presque le seul à se poser ainsi sur le sable à l'exception d'un couple de touristes non loin de lui. Les Vietnamiens ne prennent pas de bain de soleil, en revanche d'ici une demi-heure, quand le soleil se fera plus doux, ils arriveront par familles entières pour se baigner. Les plus aisés iront ensuite dîner dans une des petites gargotes le long du boulevard pour y déguster des coquillages et autres fruits de mer. Les autres pique-niqueront sur le sable.

Un point lumineux à l'horizon attire son regard. Il semble immobile, mais se rapproche petit à petit jusqu'à ce qu'il réalise que c'est un avion de ligne qui s'apprête à atterrir. La piste n'est pas loin, juste derrière les dunes. Celui-ci est aux couleurs de la dernière compagnie privée vietnamienne, verte, blanche et bleue. Son passage à basse altitude est impressionnant, tous les téléphones essaient d'en capturer l'image.

L'ambiance est de plus en plus bruyante, les familles plus nombreuses. Il se lève et se dirige vers la ville. Les sonos des karaokés sont lancées. Des centaines de décibels envahissent l'espace sans que cela ne perturbe personne.

Après s'être douché et changé, il se dirige vers son quartier favori. Il s'arrête à l'une des échoppes des marchands ambulants, achète deux crêpes à la viande, un verre de jus de canne à sucre avant de s'asseoir sur un banc face à la rivière. Il ne pense à rien, les yeux fixés sur l'onde noire.

Une musique lointaine et douce lui parvient de temps à autre. Guidé par le son, ses pas le conduisent vers un endroit sombre du parc, entre la chaussée et la rivière.

Sur une petite esplanade pavée, une trentaine de personnes, femmes et hommes de tout âge, sont assises sur des nattes de riz ou sur de petits coussins. Il se trouve face à eux dans la pénombre. Peut-être un cours de yoga ou de méditation. Tous sont dans des postures impossibles pour lui. Une femme semble indiquer les mouvements à réaliser, il n'en est pas certain. Peut-être suivent-ils le rythme de la musique tout simplement.

Cette parenthèse hors du temps lui plaît. Sans bruit, il se place derrière eux, s'assied sur l'herbe pour les observer. Les gens vont et viennent à leur guise. Certains partent sans bruit, d'autres arrivent, et prennent le cours sans autre formalité. D'où les différentes positions adoptées par chacun.

Il est captivé par cette chorégraphie et cette musique envoûtante.

Il est ailleurs.

Des mains se posent sur ses épaules, mais il n'y prête pas attention. Cela lui semble naturel. Il ne ressent rien d'autre qu'un bien être. En même temps, il sent une force puissante qui lentement, l'immobilise, bien que la pression ressentie soit légère. Puis les mains se posent sur le sommet de son crâne, générant une chaleur intense qui irradie à travers son corps. Il n'éprouve aucune crainte, ne cherche pas à savoir à qui sont ces mains.

Cela n'a duré qu'un instant. Il éprouve une sensation de légèreté. Son pouls et sa respiration sont calmes, mais impossible pour lui de se mouvoir. Les mains ont quitté le sommet de son crâne. Apparaît devant lui, le vieil homme dans son pyjama blanc à rayures bleues.

Dans cette pénombre, cela est presque surnaturel. L'homme s'accroupit devant lui en murmurant des mots qu'il ne comprend pas. Il est hypnotisé par son regard, ses paroles qui lui demeurent étrangères. Contrairement à l'autre soir, aucune crise de larmes, il est serein, à peine étonné de ce qui lui arrive.

Comme si cela était écrit.

Leurs visages sont face à face. Il ne peut décrire le sien, happé par ses yeux dont il ne sait la couleur. Il ne peut s'en détacher. Le vieil homme continue de lui parler, doucement, un chuchotement à peine audible. Puis se redresse et s'en va à petits pas en direction de la mer.

Lui, reste assis sur l'herbe, cloué par une force invisible. Il regarde dans la direction où est parti le vieil homme. Celui-ci a déjà disparu. Comme à l'issue de leur première rencontre, il ressent cette légèreté du corps, de l'esprit. Il n'est ni surpris ni troublé.

Et puis, comme si le lien invisible qui le maintenait prisonnier s'était rompu, il peut à nouveau se mouvoir, se lever. Il regarde autour de lui, la séance de méditation ou de yoga continue. Sans hésitation, d'un pas rapide, il s'engage à la poursuite du vieil homme.

Le voici bientôt rendu au bout du parc sans l'avoir retrouvé. Dépité, il fait un tour d'horizon rapide, puis rentre à l'hôtel.

Juste avant de franchir le canal, il se ravise et prend la direction de son bar favori.

Sur place il commande un smoothie passion, son préféré avec celui au citron vert. Assis en terrasse, il repense à ce qu'il vient de vivre, s'interroge. Pourquoi ce vieil homme s'intéresse-t-il à lui ? Pour quelle raison ?

Cela ne l'inquiète pas, il aimerait juste comprendre.

Il n'est pas déstabilisé comme la fois précédente.

Il a le sentiment d'être un homme nouveau, apaisé.

Sirotant son verre, il se remémore ces derniers jours.

Ce vieil homme a eu une influence sur sa décision de rester au pays.

Quand il est parti de chez lui, il avait surtout envie de revenir au Vietnam. Il doit se l'avouer, il n'avait pas décidé d'y passer plus de temps que d'habitude, un à deux mois tout au plus.

Tout s'éclaircit à présent, ce travail intérieur qu'il a fait

là-bas, en France, il doit l'accomplir ici. Il se sent fort, capable d'affronter l'inconnu, de se confronter à lui-même.

La terrasse du S'Café s'est remplie, des jeunes surtout, qui viennent y passer la soirée. Trop d'agitation pour lui, il regagne sa chambre.

Le chaman

Dans le hall, deux habitués disputent une partie de billard. Il les observe un instant puis se dirige vers le comptoir pour saluer Binh qui assure la permanence. Elle le regarde en souriant : « *How are you ?* ». Comme si elle était au courant de quelque chose.

Cela l'intrigue, d'habitude elle est plus directe. Aidé de son traducteur, il lui explique ce qui vient de se passer pour la deuxième fois au parc. Accoudée à son bureau, elle hoche la tête et le regarde d'un long sourire énigmatique.

Avec hésitation, elle se saisit de son téléphone, tapote sur le clavier pendant de longues minutes avant de le lui montrer.

En lisant, il la regarde plusieurs fois, étonné.

Il est abasourdi.

Elle lui révèle que le vieil homme est son grand-père, il habite dans le quartier. C'est un chaman respecté et réputé. C'est elle qui lui a demandé d'intervenir pour lui.

Le jour de son arrivée, elle a senti qu'il n'allait pas bien. Son corps le révélait, il dégageait de mauvaises ondes.

Elle en a discuté avec son grand-père et l'a sollicité pour qu'il vienne en aide à leur ami. Ce dernier le connaissait, il l'avait déjà vu lors de son précédent séjour. En allant au parc, il est passé devant la maison du chaman. Facile au vieil homme de le suivre et de le trouver. Son grand-père, au lendemain de leur première rencontre, lui avait confié que son ami avait trop de pensées négatives. Il n'avait pas pu le soulager totalement et ce soir le vieil homme avait terminé son œuvre. Il ne pouvait faire plus avait-il dit à Binh, son ami devrait trouver sa voie, seul.

Des sentiments confus s'agitent dans sa tête. Il ne sait que penser. Il est satisfait de savoir qui est cet homme aux pouvoirs étranges, mais a la désagréable sensation de s'être fait manipuler. Mal à l'aise, il lui sourit, ne sachant que lui répondre.

La gêne est aussi sur le visage de Binh. Elle prend son téléphone et pianote dessus, le lui montre : « Tu étais trop mal, j'ai tout ressenti, tu es notre ami, notre oncle ». Il acquiesce du chef, la remercie et demande comment exprimer sa gratitude envers son grand-père. Elle secoue la tête. Il n'a rien demandé. C'est un cadeau. Qu'il ne cherche pas à voir le vieil homme, s'il le désire, lui, viendra le trouver.

Il regagne sa chambre, perturbé. Réfléchissant à ce qu'il vient de vivre, il entrevoit le côté positif de cette rencontre forcée. Il se sent mieux. Dans sa tête, les choses sont plus claires. Peu à peu, la brume qui obscurcissait ses pensées se déchire. Il décide de ses projets avec moins d'hésitation.

Il se souvient d'un fait à Hanoï, l'an dernier. Il revenait d'un périple à moto dans le nord-ouest, du côté du lac Ba Bé. En rentrant, il était fourbu et avait des douleurs dans le cou, les épaules. Il était hébergé chez son ami Tien. Dans l'après-midi, il le prévient qu'il a pris rendez-vous au salon de massage qui se trouve non loin, dans la rue. Il s'y rend à l'heure dite. Une femme l'installe dans une cabine parfumée, les pierres chaudes sont prêtes. Il se détend, les soins commencent quand le rideau s'écarte. Une jeune femme intervient, sa masseuse lui adresse quelques mots qu'il ne comprend pas et le laisse entre les mains de sa remplaçante. Surpris, il ne reçoit pas le soin prévu. Il a plutôt l'impression d'être entre les mains d'une kiné. Les pierres chaudes seront pour une autre fois !

De retour chez Tien, il raconte ce qu'il a vécu au salon de massage.

En riant, ce dernier lui répond : « massage après moto, pas bon, faut vérifier articulations, muscles ».

Tien a passé un coup de fil pour faire intervenir « *la femme qui sait faire* » !

En lui tapant sur l'épaule il lui lance : « Demain, massage ! ».

Comme Tien, Binh est intervenue à son insu, pour l'aider.

Si elle lui avait proposé son aide… il l'aurait refusé.

Il ne lui en veut pas, au contraire.

Le lac Bàu Tro

Il s'est réveillé tard. Sept heures cinquante, indique sa montre. Il y a longtemps qu'il n'avait pas fait une si longue nuit. Il a faim. Il passe à la salle de bain, s'habille et se rend rapidement à son lieu habituel, près de l'hôtel. La patronne le salue d'un petit signe de tête, il s'assied à l'une des petites tables dressées sur le trottoir et attend juste quelques minutes avant d'être servi.

Le temps a changé. Il fait plus frais que les jours précédents. Le ciel s'est chargé de nuages lourds. Il se remémore la dernière soirée puis sourit. Il est heureux, plein d'une énergie nouvelle. Il se sent fort, prêt à affronter n'importe quel obstacle.

À la table voisine s'installe un couple qu'il a déjà vu la veille. Ils sont arrivés dans une voiture de type 4 x 4 de marque japonaise. Elle, très élégante dans ses chaussures à talons aiguilles, en jupe longue noire, chemisier blanc et petite veste noire. Lui en pantalon foncé, chemise blanche et mocassins noirs, est l'image type du Vietnamien qui vient de réussir. Sans chichi, ils prennent place sur les petits tabourets en plastique, image sur-réaliste et singulière au pays.

Il aime prendre une *phô*, le matin. Il aime particulièrement le parfum des herbes fraîches qui apportent toute la saveur à la soupe. Chez lui, en Bretagne, il n'en prépare pas. Si la recette est simple, il faut du temps pour la réaliser. Parfois, pour compenser, il se prépare un sachet de soupe toute prête, mais cela n'a rien à voir avec celle qu'il vient de terminer.

Après avoir payé, il se sent d'humeur à marcher, il prendra un café plus tard.

Ses pas le conduisent vers le lac Bàu Tro, derrière le cordon dunaire et la ville. Ce n'est pas très loin, à peine un kilomètre et demi. Il emprunte la rue Linh Giang qui traverse tout le quartier derrière l'hôtel avant de poursuivre par la rue Bàu Tro qui conduit au lac. Ce quartier d'habitations récentes est plus populaire que celui qui est de l'autre côté du canal. Sa silhouette désormais familière, quelques habitants lui sourient et lui adressent la parole. Il répond d'un geste de la main.

Jeux des enfants, cris des mères pour les rappeler à l'ordre. La mode est aux bombes à eau qu'ils jettent dans le dos des passants, sur les motos, les voitures. Des rires fusent. Une bombe qu'elle s'apprêtait à lui lancer, éclate au visage de la fillette qui la tenait.

Plus loin, rue Bàu Tro, une famille a monopolisé la rue. Elle y installe une immense tonnelle où aura lieu un repas de fête. Les tables sont au plus près des habitations, avec juste un espace pour les quelques voitures ou motos qui viendraient à passer.

Le lac est une oasis de silence presque absolu.

Les coups de klaxon et le murmure de l'agitation de la ville lui parviennent, étouffés. Les nuages lourds, porteurs d'un orage à venir, se mirent sur la surface de l'onde étrangement calme alors que le vent s'est levé. Cette quiétude toute relative est sans doute due aux arbres qui bordent cet écrin précieux. L'eau douce est ici, comme dans beaucoup d'endroits, une richesse inestimable en cette période de réchauffement climatique où la saison sèche se fait plus longue et plus torride.

Pour l'heure, il est seul. Il profite de ce moment privilégié et d'une lumière singulière pour sortir son boîtier. Ce sera peut-être la seule photo de la journée. Il aime ces atmosphères au ciel lourd. Il a cadré une longue nasse posée sur le sable dont la forme évoque celle d'un serpent avec en fond le lac et son couvercle de nuages. S'il veut rentrer sans être mouillé, il devrait se dépêcher. Sur le chemin du retour, il s'arrête devant une maison en construction. Un ouvrier armé d'une masse brise des morceaux de béton pour en libérer les ferrailles qui seront récupérées.

Chapeau conique sur la tête, lunettes de soleil en guise de protection, masque porté par tous les Vietnamiens quand ils sont dehors. Chaque fois que la masse se lève, se devine la forme arrondie de la poitrine.

L'ouvrier est une femme.

La masse s'abat avec force sur le morceau de béton, des éclats volent.

Le Vietnam a conquis sa liberté à force de courage, mais aussi grâce à toutes ces femmes qui ont tant donné pour la liberté de leur nation. Aujourd'hui, ici comme ailleurs, leur situation n'est pas très enviable. Si dans de nombreuses familles, ce sont elles qui dirigent le foyer, beaucoup d'entre elles connaissent des conditions de vie difficiles.

La tradition est trop forte, elles subissent sans rien dire, c'est ainsi. Avec des enfants à charge, veuves ou abandonnées par leur conjoint, elles exercent deux ou trois métiers par jour, telle Hiên, sa marchande de fruits. Sans compter celles qui sont enlevées, vendues, mariées de force dans différents pays d'Asie.

La vision de cette femme qui se tue au travail l'interroge.

Il reprend son chemin d'un pas lourd.

Éclair dans le ciel suivi aussitôt d'un grondement proche.

Les premières gouttes d'une pluie tiède s'abattent sur lui. Il ne presse pas le pas pour autant, de toute façon il arrivera trempé.

Après s'être douché, il s'installe devant l'ordinateur et vérifie la photo faite au lac Baù Tro. Il en est satisfait, elle correspond à ce qu'il souhaitait avec cette ambiance un peu dramatique qui donne plus de force au paysage.

Séjour prolongé à Dong Hoi

Depuis son fauteuil, il regarde la pluie crépiter sur les vitres de la fenêtre. L'orage se déchaîne, mais au loin, vers l'ouest, au-dessus des toits, le ciel se fait déjà plus clair et quelques espaces bleus apparaissent. Le mauvais temps ne durera pas bien longtemps.

Il repense à la soirée de la veille. Il est reconnaissant envers Binh et son grand-père. Sans ce concours, il serait encore dans le doute, hésitant à prendre une décision.

Rapidement, la question du logement s'impose. Comment va-t-il faire ?

Il descend à la réception, Binh et Kien sont là. Après les salutations, sans évoquer les faits de la veille, il leur explique qu'il va rester à Dong Hoi plus longtemps que prévu. Il n'a pas les moyens de se payer une chambre d'hôtel pendant deux, trois mois ou plus. Peuvent-ils l'aider à trouver un logement meublé qui lui coûterait moins cher ?

Le couple s'interroge, ils discutent entre eux quelques instants, Binh tape rapidement quelques mots sur son téléphone et lui montre leur réponse. Il les regarde avec un grand sourire. Ils lui proposent de rester le temps qu'il veut pour 300 dollars par mois, environ 250 euros.

Leur proposition le ravit, lui laissant du temps pour organiser son séjour au long court. Il les remercie chaleureusement.

Leur amitié n'est pas un vain mot.

Il rejoint sa chambre et réfléchit. Que faire de cette liberté nouvelle ou plutôt de ce nouveau départ ? Quel sens va-t-il lui donner ?

Il s'assied au pied du lit, un brin excité. Il respire profondément et retrouve son calme au bout de quelques instants. Il va lui falloir s'organiser, mettre en place quelque chose, un projet… Cela l'aidera aussi dans sa quête d'identité. Comme à son habitude, il se fie à son instinct. Il va laisser les choses se mettre en place d'elles-mêmes.

Entre-temps la pluie a cessé, l'orage n'est plus qu'un lointain souvenir et le soleil brille de nouveau au firmament.

Il choisit un boîtier, deux objectifs, qu'il glisse dans son fourre-tout, puis s'en va flâner dans le quartier. Il s'y rend surtout pour y trouver ses marques, s'y montrer en tant qu'habitant et non plus en touriste.

Peu de monde dans les rues à cette heure où la chaleur commence à revenir. Certains s'installent déjà aux terrasses des petits restaurants de soupe ou des gargotes locales où ne s'aventurent pas les étrangers. C'est à l'une d'elles qu'il finit par s'asseoir après avoir arpenté quelques rues, s'être arrêté près d'un chantier d'immeuble où la chaussée sert d'atelier pour tordre ou scier des tiges d'acier. Il commande le menu du jour, un plat de riz blanc accompagné d'une sorte d'épinards blanchis, de bambou, quelques morceaux de lard, une portion d'omelette, sauce soja, piments rouges, ainsi qu'une tasse de thé. Autour de lui, la terrasse et la salle se remplissent. À la table voisine, un jeune couple s'installe et le salue en vietnamien « *xin chào* ». Ce plat simple a toute la saveur du pays. Il n'est pas raffiné, mais il est bien plus goûteux et moins cher que ceux servis dans les restaurants touristiques. Les conversations fusent, se font plus fortes, les rires aussi. Il y a là tout le panel de la société vietnamienne : des ouvriers, des fonctionnaires, des employés appartenant à la même entreprise d'après l'écusson sur leur chemise, des lycéens ou collégiens ainsi que quelques familles. Personne ne lui prête attention. On ne l'ignore pas, il est un client comme un autre. C'est ce qu'il souhaite. Sa corpulence, ses habits, montrent qu'il n'est pas d'ici, mais venir dans ce lieu populaire, se mélanger à eux, c'est être un peu des leurs. Vivre comme eux est la clé pour être reconnu, se faire accepter.

Il prend son temps pour déjeuner, observe, écoute, se familiarise avec les visages. Observer, c'est apprendre, comprendre. Chaque jour, il passe du temps dans tous les lieux qu'il fréquente, qu'il parcourt, à scruter les attitudes, les regards, les façons de se comporter.

Petit à petit, il apprend à devenir vietnamien.

Il sait sa différence, sa double origine.

Il lui faut l'assumer ici également. Ne pas se renier de nouveau. Quand on lui pose la question, il décline son identité, son métissage, mais il ne reçoit jamais de remarque déplacée, juste une simple curiosité. Il pourrait être métis de n'importe quel pays (sauf la Chine), ce n'est pas ce qui compte. On ne viendra pas lui mettre une étiquette. Au contraire, les personnes rencontrées jusqu'à maintenant font tout pour le mettre à l'aise. Du moins tant qu'il est dans les régions où l'ethnie Kinh est majoritaire. Dans le nord, peuplé par les ethnies minoritaires, impossible de se faire passer pour l'un des leurs.

Chaque vallée, chaque flanc de montagne, est peuplé par des groupes qui ne parlent pas la même langue, ne possèdent pas les mêmes codes culturels.

La mondialisation et la 4G ne sont pas encore venues à bout de leur identité, fort heureusement.

Il quitte l'ombre et le ventilateur de la terrasse pour regagner sa chambre. Il est en nage. Une douche rapide le remet en forme. Malgré tout est-ce à cause de la chaleur, il éprouve le besoin de s'allonger. Après une bonne sieste, il se remet au travail de tri et de classement des photos jusque tard dans l'après-midi.

Il se hasarde sur le balcon, le ciel se couvre de nouveau. La température a baissé sensiblement, l'air est plus respirable. De petites embarcations viennent s'amarrer le long des berges du canal. Les pêcheurs rangent ou préparent leur matériel pour le lendemain. Beaucoup de familles vivent plus ou moins directement de la pêche. Les poissons, coquillages, crustacés et autres prises sont vendus dans toute la région ainsi que dans le nord du pays.

Il se prépare à sortir. Ce soir, il a envie d'aller de l'autre côté du pont Nhàt Lé à la découverte du quartier de My Canh. L'occasion de changer de lieu pour dîner.

Le Vietnam l'apprivoise

Il ne compte plus les jours.

Cela fait quelques semaines, plus d'un mois qu'il est ici. Mai est passé sans qu'il s'en aperçoive ou presque.

Il a pris ses habitudes, est devenu un habitant du quartier.

Il a gardé la même chambre bien que ses amis lui en aient proposé une autre, un peu plus spacieuse.

Le Vietnam l'apprivoise à moins que ce ne soit l'inverse.

Il s'y sent de plus en plus chez lui. Même s'il ne comprend toujours pas la langue, il parvient à deviner, parfois, ce qui se dit, ce qui se passe. Des mots lui deviennent peu à peu familiers.

Jusqu'à maintenant, il n'éprouve pas le désir de rentrer chez lui, en France.

En ce début de juin, seule la chaleur est difficile à supporter. Elle fige toute vie pendant plusieurs heures. Cela l'oblige à passer une bonne partie de la journée avec la climatisation ou le ventilateur en marche.

Il n'a pas eu le temps de s'ennuyer jusqu'à présent.

Il a recommencé à photographier régulièrement, sans se consacrer à un sujet précis. Plutôt un collectage de la vie quotidienne, des ambiances de rue, des portraits. Il se concentre sur le quartier dans lequel il vit. Jour après jour, il tisse des liens étroits avec les personnes rencontrées et photographiées. Ses clichés en deviennent plus spontanés. Les enfants veulent tous jouer les vedettes. Certains l'accompagnent jusqu'à ce qu'il les photographie. Ils sont contents, regardent la photo puis s'en vont en riant. Quel est ce besoin de vouloir être pris en photo ? Un simple jeu ou le désir d'être eux aussi dans la lumière l'espace d'un instant ?

Il continue son apprentissage du pays. Il est lucide, ce n'est pas parce qu'il est à la recherche de son identité qu'il ne garde pas les yeux ouverts. Il s'était déjà rendu compte, au cours de ses précédents voyages, que tout n'est pas lisse au pays de l'Oncle Ho.

Le capitalisme débridé, s'il fait des fortunes, fait ici aussi de nombreux dégâts.

Il compare régulièrement ce qui se passe au Vietnam avec ce qui se passe en France. Non pas pour idéaliser un pays par rapport à l'autre, mais juste pour essayer d'avoir une vision objective : à telle mesure ici, il y a telle mesure là-bas, à tel problème quelle solution propose chaque pays.

Il ne veut surtout pas s'enfermer dans ce qu'il a pu lire ou entendre dire par des personnes ayant choisi de venir s'installer au Vietnam et dont les avis sont tranchés, éloignés de la réalité.

Il essaie de rester critique, sans enjoliver la réalité, sans se mentir. Il est tiré de sa réflexion par un texto que vient de lui adresser Binh.

Elle lui donne rendez-vous d'ici une heure dans le hall. Elle a une surprise pour lui. Étonné, il s'interroge, regarde sa montre. Il est bientôt 8 h 30. Le temps de classer ses photos de la veille, il sera l'heure de descendre la rejoindre.

Il a bien changé au cours de ces semaines.

Il y a peu, il se serait posé des questions par rapport à ce message. Il aurait même dévalé les escaliers pour lui demander de quoi il s'agissait puisqu'elle devait être à l'accueil. Il avait vu sa moto tout à l'heure en revenant de prendre son café. Maintenant, il donne à chaque événement l'importance qu'il doit lui accorder, sans excès, sans se prendre la tête.

Le vétéran de Dong Hoi

À l'heure dite, il rejoint Binh.

Elle l'accueille avec un grand sourire. Se souvient-il lui avoir demandé de lui parler de l'histoire de Dong Hoi ?

Il souhaitait en savoir plus sur la région, notamment sur les anciens combattants.

Un peu excitée, contrairement à son habitude, elle lui annonce qu'elle va lui présenter un héros local, « le vétéran » de Dong Hoi ! Le chef des forces locales qui ont combattu contre les Français et les Américains.

Le rendez-vous est à cinq minutes à pied. Ils remontent le canal et prennent tout de suite à droite, passent devant le marché couvert. Ils traversent une rue et après un grand bâtiment jaune, sûrement un bâtiment administratif, elle le fait pénétrer dans une petite cour ombragée qui précède une maison à l'architecture traditionnelle.

Elle appelle.

Un vieillard en tenue de parade militaire blanche, casquette vissée sur la tête, la veste bardée de décorations et de médailles ouvre la porte.

L'homme est alerte, menu, de petite taille. Sur le seuil il se fige, au garde-à-vous, lève la tête pour le saluer en marmonnant quelques mots.

Il le reconnaît ! C'est lui, c'est le chaman, le grand-père de Binh ! Il n'en revient pas. Troublé, il lui rend son salut.

Binh enlace son grand-père. « S'il a accepté cette rencontre, c'est parce que tu t'intéresses au passé de la région, mais ne lui demande rien de personnel ».

Le vieil homme hoche de la tête pour approuver. Il les invite à entrer.

L'intérieur est typique des maisons vietnamiennes traditionnelles. Trois pièces principales, dont celle du milieu consacrée aux ancêtres, avec, de part et d'autre, deux autres pièces de vie. L'ensemble des murs recouvert de panneaux de bois sculptés et les meubles décorés d'incrustations de nacre témoignent d'une certaine notoriété. Celle-ci s'affiche partout sur les murs, nombreux diplômes ou certificats militaires. Photos d'une autre époque où le vieil homme est aux côtés du général Giap, une amitié solide se devine. L'Oncle Ho, père de la nation, est présent dans toutes les pièces, portraits aux murs, articles de journaux encadrés sur les meubles.

Ils prennent place sur le bas flanc en bois qui sert à la fois de table, de lit, suivant l'heure de la journée. Binh assise à gauche de son grand-père lui tient la main pendant que le vieil homme commence à parler.

Lui ne peut s'empêcher de fixer les yeux du vieux soldat. Rien, plus d'éclat étrange dans les yeux, juste deux prunelles marron, ordinaires.

Binh lui traduit en anglais : « les bombardements de la ville par les bateaux américains en 1972 avaient pour but de couper la piste Ho-Chi-Minh par laquelle était acheminé le ravitaillement en hommes, en armes ».

Le vieil homme raconte d'une voix basse empreinte d'émotion mais semble se perdre dans les méandres du passé. Avec tact, Binh le ramène vers le sujet qui les intéresse :

« Bien qu'affaiblis, les résistants de Dong Hoi ont repoussé plusieurs fois les tentatives de débarquements. Par la suite, la ville et la région furent régulièrement bombardées par l'aviation américaine du fait de leur proximité avec la ligne de démarcation ».

Il lui montre ses photos où il est aux côtés du général Giap puis un par un, tous ses diplômes militaires et finit par lui dire qu'à la fin de la guerre il ne restait que deux ou trois maisons debout, dans la ville, dont la sienne. Tout le passé, les souvenirs ont été détruits à jamais. Ne reste que la mémoire. Ému par cette rencontre privilégiée, il remercie le vieux militaire drapé dans son uniforme, mais ne parvient pas à retrouver en lui le chaman qui l'a « ensorcelé ».

À l'heure du départ, leurs mains restent soudées, le temps d'apercevoir cette lueur aufond des yeux du grand-père. Devant lui se tient l'un des derniers héros de cette guerre inégale. Un homme qui a tout donné pour son pays et en même temps un sage, un homme de paix, un chaman.

Il jette un dernier regard dans la cour, le vieil homme a déjà disparu à l'intérieur.

Sur le chemin du retour, Binh et lui n'échangent aucun mot.

Parvenus dans la fraîcheur relative du hall de l'hôtel, elle lui fait part de ce que son grand- père lui a confié : « Ton ami trouvera bientôt sa voie, il est sur le bon chemin ».

Dans sa chambre, il repense à cette rencontre extraordinaire, à ce moment solennel. Un rendez-vous qui lui a quand même donné quelques éléments de réponses quant à l'histoire de la région, même si le vieux soldat n'a pas été très loquace.

Comment vivre avec ces souvenirs, après avoir vu sa ville rasée, sa région meurtrie sur des kilomètres carrés, ses proches, ses amis et tous les autres fauchés par cette folie meurtrière. Il comprend le silence à ses questions.

Trop de souvenirs, d'émotions, qu'il faut savoir ne pas oublier, mais laisser enfouis au fond de soi. Regarder vers l'avenir, sinon, comment pouvoir continuer à vivre ?

La plupart des Vietnamiens qui ont connu ces années de feu savent faire preuve de résilience. Pour avoir échangé avec certains d'eux, à chaque fois, ils lui disaient ne pas en vouloir aux Français, aux Américains.

Si le Vietnam n'oublie pas ce qu'il a vécu, les périodes de conflit comme celle de la réunification qui a suivi, le pays tout entier se tourne résolument vers l'avenir.

C'est cette énergie quotidienne qu'il aime ici. Cette attitude positive née dans la douleur et la souffrance, qui sans renier le passé, sort peu à peu le pays de la misère. Rien n'est facile pour eux. Il leur faut travailler dur. Leurs conditions de vie ne sont pas comparables à celles des familles modestes de France. Cela ne les empêche pas d'accueillir l'étranger, l'ennemi d'hier devenu ami aujourd'hui, sans rancœur.

Le retour de May Phuong

La faim le tenaille, il se hasarde jusqu'au premier restaurant situé sur le front de mer. Peu de monde à cette heure, il déjeune d'une assiette de nouilles sautées aux poulpes rouges et coquillages accompagnée d'un thé.

Sur le chemin du retour, son portable se met à vibrer. Il vient de recevoir un courriel de May Phuong. Cela le surprend et le ravi à la fois.

Message étrange qui le questionne. Il est perplexe.

Elle le sait à Dong Hoi, via les réseaux sociaux qu'elle consulte, même si elle n'y laisse pas de trace. Elle lui annonce qu'elle a quelques jours de congés et qu'elle souhaiterait visiter le parc Phong Nha. Sera-t-il encore là quand elle arrivera ?

Il la connaît peu, mais se doute que si elle cherche à le joindre, c'est pour une raison précise.

En quelques mots rapides, il lui indique être à Dong Hoi pour une durée indéterminée et lui demande quand elle compte venir. Son portable à la main, il guette sa réponse.

Elle a dû quitter sa messagerie, car au bout de quelques minutes, toujours rien.

Quoi qu'il en soit, Il est heureux à l'idée de la revoir, l'occasion aussi de parler français ! Cela lui manque un peu, il est le seul français à vivre dans cette ville.

Combien de temps s'est écoulé depuis leur dernière rencontre ? Un peu plus de trois ans déjà, calcule-t-il rapidement. Ce qui confirme sa première impression. Si elle le contacte après tout ce temps, elle doit avoir besoin de lui. Ce n'est pas comme s'ils avaient entretenu des relations régulières. Songeur, il s'assied devant son ordinateur pour travailler, mais ne parvient pas à se concentrer. Il pense à cette jeune femme dont il ne se rappelle plus vraiment les traits. Seule sa silhouette reste relativement précise dans ses souvenirs. Depuis tout ce temps, elle a dû changer. Il se souvient qu'elle lui avait dit être née en 1986. Elle doit avoir près de 32 ans aujourd'hui.

Il se remet au travail, surveillant régulièrement l'arrivée d'un message sur son téléphone. L'après-midi se passe ainsi, la mise à jour de son site web est enfin terminée.

Dehors la chaleur a perdu quelques degrés, et comme souvent, le ciel se charge de nuages en fin de journée.

Il décide malgré tout d'aller se baigner.

Il hésite à prendre un vélo, puis préfère s'y rendre à pied. En cours de route, il rencontre beaucoup de visages devenus familiers. Certains le hèlent, d'autres lui font signe de la main. Après la caserne, sur la gauche, la vendeuse de jus de canne à sucre, installée sur le trottoir, lui présente toujours son petit dernier qui ne la quitte jamais, pour qu'il lui dise bonjour. Le gamin s'est habitué à le voir et lui adresse toujours de grands sourires.

Il profite d'avoir la mer pour lui seul avant l'arrivée des nombreuses familles. Il n'aime pas la foule en général, mais au Vietnam, elle ne le dérange pas. Est-ce dû au fait que la vie s'y déroule dans les rues, sur les trottoirs ? Peu de tronches qui font la gueule mais beaucoup de sourires. Le bruit est agressif pour le voyageur occidental, il fait partie du quotidien. Pas de gens qui courent pour attraper un bus, un métro, mais des millions de petites motos, souvent surchargées, qui sillonnent les artères dès l'aube jusque tard dans la nuit. La circulation est anarchique dans bon nombre de villes, la stratégie de l'évitement est la consigne appliquée par tous les conducteurs.

Au début, il a quand même dû se faire violence pour traverser les carrefours d'Hanoï ! Avec l'habitude, cela se fait sans trop de problèmes. Il suffit de s'engager, de ne pas s'arrêter, sauf urgence. Les conducteurs d'engins vous évitent au ralenti et avec calme.

De retour à l'hôtel, il allume son PC. La réponse de May Phuong l'attend. Elle arrivera par le vol direct depuis Hô-Chi-Minh à 17 h 20 le lendemain, jeudi.

Peut-il lui trouver une chambre pour une ou deux nuits ?

Il n'en revient pas. Il pensait qu'elle allait venir d'ici une semaine ou plus tard.

Tout s'agite dans sa tête.

Apparemment, elle vient seule.

Il relit le message pour s'en assurer.

Il réfléchit. Bien sûr il y a des chambres libres ici, mais il ne souhaite pas qu'il y ait de malentendu. Il pense à l'hôtel Riverside, à peine à cent mètres du sien, et lui réserve une chambre spacieuse et confortable.

Il lui adresse par mail le nom de l'hôtel et sa réservation. Il sera là en fin de journée. Ils pourront dîner ensemble si cela lui convient, quand elle sera prête elle n'aura qu'à lui envoyer un texto.

Elle n'a pas mentionné le nombre de jours qu'elle souhaitait passer dans la région ni ce qu'elle voulait visiter, sûrement l'une des grottes du parc Phong Nha.

Pour l'heure, il commence à se faire tard, et s'il veut dîner, il ne devrait pas tarder.

Il se rend dans un petit restaurant bon marché où il a ses habitudes. La salle est presque vide, la patronne le salut d'un regard et du doigt lui montre le plat que termine le couple installé près de lui. Il acquiesce de la tête, c'est le plat du jour, du riz avec un peu de viande de porc et quelques crudités.

Tout en dînant, il ne peut s'empêcher de penser à May Phuong.

Ils ne se sont vus que quelques heures, le temps d'une soirée, il y a longtemps déjà. Son souvenir d'elle, même vague, lui rappelle ces instants passés en sa compagnie. Il est heureux à l'idée de la revoir et se pose mille questions. A-t-elle pu renouer des liens avec les familles de ses parents ?

La venue de May Phuong a même occulté de son esprit la rencontre improbable du matin.

Il y repense brusquement en voyant au loin, de l'autre côté du canal, l'enseigne lumineuse : Au Lac Hôtel.

Ce fut une journée riche en événements ! Quel homme est le grand-père de Binh ! Sa vie a été un long parcours de choix, de décisions difficiles à prendre durant les années de guerre et celles qui ont suivi la réunification. Période difficile où bon nombre de Vietnamiens furent emprisonnés pour être « rééduqués ». Parmi eux, des proches sans doute, car à demi-mot, il a compris que cette famille s'était divisée en deux. Une partie avait pris le parti de l'occident, l'autre, celui de la libération du pays.

Après la victoire du Vietnam sur les USA, il aura fallu attendre près de 14 ans, pour que la vie se normalise peu à peu. Que l'ombre des combats et des divisions s'estompe.

La fatigue commence à le gagner, il règle son addition et retourne vers son refuge, songeur. May Phuong occupe toutes ses pensées.

Arrivée de May Phuong

Il a dormi relativement tard. Sa journée s'est étirée tout en longueur, ne parvenant pas à se concentrer sur ce qu'il faisait, tout à l'attente de sa rencontre avec May Phuong.

Contrairement à ses habitudes, il se rend à la plage en début d'après-midi, loue un fauteuil à l'ombre d'un parasol. Il a bien apporté avec lui l'un des romans qu'il avait dans sa valise, mais les mots dansent devant ses yeux. Il y a longtemps qu'il a perdu le fil de l'histoire, l'esprit préoccupé par ce rendez-vous si proche.

Il s'était posé la question de savoir s'il devait attendre May Phuong à l'aéroport. Il avait finalement renoncé à cette idée. Ce n'est pas comme s'ils étaient les plus vieux amis du monde, ils se connaissaient à peine.

Il rentre en fin d'après-midi.

Bientôt 19 h, toujours rien, May Phuong ne s'est toujours pas manifestée. Il commence à trouver le temps long, quand peu de temps après, il entend toquer à sa porte.

Elle est là, devant lui.

Ils se dévisagent quelques secondes, se tendent la main pour se saluer, puis hésitants, se font la bise. Ils restent là, sans trop savoir que dire. Les premiers instants de surprise passés, reprenant ses esprits, il lui propose de sortir. Ce qu'elle fait ici, sur le pas de sa porte, il le lui demandera plus tard.

Au bas de l'escalier, Binh semble les attendre et en anglais lui lance un « *surprise* ! » Il lui répond par l'affirmative, mais n'a pas envie de s'attarder et entraîne May Phuong dans la rue, suivi du regard amusé de Binh.

Ils cheminent vers le fleuve quand May Phuong lui pose la main sur le bras pour le stopper. Elle le regarde en riant, ce qui accentue son trouble, car il est bien tombé sousle charme de cette jeune femme.

Il ne se souvenait plus qu'elle était si belle. Silhouette élancée, cheveux maintenant coupés court, son sourire ravageur toujours présent, vêtue d'un tee-shirt blanc sur un pantalon de toile rouge. Elle est très séduisante. Il ne peut s'empêcher de la dévisager. Si ce n'était son accent qui la démasque, elle paraît vietnamienne jusqu'au bout des ongles et ne fait pas ses 32 ou 33 ans. Elle en paraît bien moins.

La main posée sur son bras, elle commence à lui parler, interrompue soudain par le klaxon d'une moto. Ils empiètent sur la chaussée. Ils se réfugient rapidement sur le trottoir.

Debout face à face, un peu gênée, elle lui dit s'être renseignée auprès de son hôtel et comme il y avait de la place, elle a annulé la réservation au Riverside.

Sa chambre est sur le même palier que la sienne.

Elle le regarde réagir à ses propos, amusée.

Surpris, il ne sait quoi lui répondre et ébauche un sourire crispé.

Il ne sait pas pourquoi, mais cela ne l'étonne qu'à moitié qu'elle ait fait cela. Décontenancé, ne sachant plus que faire il lui propose d'aller dîner dans un de ces restaurants de street food sur le front de mer. Elle acquiesce avec envie. Elle aimerait bien manger des crevettes grillées.

Sur le trajet, ils échangent quelques banalités, afin de reprendre connaissance l'un avec l'autre. De longs silences ponctuent leur conversation. Leurs retrouvailles ne sont pas si simples.

Ils choisissent une table à l'une des terrasses installées en bordure du fleuve. Contrairement aux autres restaurants, ici, la musique en sourdine permet de discuter sans avoir à élever la voix. May Phuong s'extasie sur le lieu, le paysage. Quelques bateaux vont et viennent, certains partant pêcher, d'autres en reviennent.

L'examen de la carte est rapide. Elle commande de grosses crevettes grillées, lui des calamars au saté et prennent chacun une bière.

Instant d'hésitation, de longues minutes à venir avant que leur commande arrive. Il s'efforce de la regarder sans avoir l'air trop insistant. Autour d'eux, certains lèvent les yeux vers eux. May Phuong ne passe pas inaperçue. Tous doivent la prendre pour une jeune Vietnamienne qui a pris un homme d'âge mûr dans ses filets.

Elle joue machinalement avec sa paire de baguettes, la pose, le regarde. Elle use de son sourire, entrouvre ses lèvres, hésite un instant, puis se lance.

Elle le suit depuis toutes ces années sur les réseaux sociaux et via son site web, pour savoir ce qu'il fait, ses nouvelles photos, ses projets. C'est par ce biais qu'elle a su qu'il se trouvait à Dong Hoi.

Éberlué, il reste sans voix, ne sachant que lui répondre. Il poste de temps à autre une ou deux photos, sans autre explication que la légende. Il fait ça par habitude, pour que ses éventuels clients ne l'oublient pas. Il n'imaginait pas qu'elle s'intéressait à lui et qu'elle se soit servi des réseaux sociaux pour le localiser.

Leurs bières leur sont servies avec de la glace, beaucoup de glace, c'est la façon de la boire au Vietnam. La serveuse partie, après un soupir, sans trop savoir pourquoi, il se raconte.

Bientôt cinq semaines qu'il est ici, pour combien de temps encore ?

Il ne sait pas.

Ce séjour est une sorte de période initiatique pour savoir s'il va pouvoir trouver sa place au pays de ses racines.

Les Vietnamiens vont-ils lui renvoyer ce qu'il espère, ce qu'il attend ? Une sorte de reconnaissance comme étant l'un des leurs, malgré sa différence. Il lui dit ses hésitations, son errance dans les choix qui s'offrent à lui, puis sa décision récente de demeurer plus longuement sur place.

Puis se tait, la regarde, interrogatif.

Il a l'impression de lui en avoir trop dit, de passer pour un de ces hommes mûrs en mal de vivre qui vont jouer les enfants auprès de femmes plus jeunes pour se faire materner.

Elle le regarde, sans sourire, sérieuse, lui demande : « Pourquoi Dong Hoi ? »

Il est tombé sous le charme de l'endroit au cours de ses deux séjours précédents. La ville n'est pas belle mais son environnement est agréable. La vie y est paisible, il a pu y tisser rapidement des liens et surtout il n'y a pas à ce jour d'expatrié français. Cela l'oblige à baigner dans la vie quotidienne du Vietnam. Par ailleurs, il peut se rendre facilement à Hanoï ou Ho-Chi-Minh via les liaisons aériennes.

Elle reste silencieuse.

L'observe, attend qu'il en dise plus.

Il a la sensation désagréable de passer une sorte d'entretien. Heureusement leur commande arrive, ce qui le délivre. Il met la question en suspens et l'invite à déguster leurs plats.

Au cours du dîner, elle lui pose quelques questions sur la région, ce qu'il y a d'intéressant à visiter. Cela l'étonne. Si elle est venue jusqu'ici, elle a dû se renseigner. Il est certain qu'elle a un plan, que tout son séjour n'a qu'un but qu'il ne connaît pas encore. Ce qu'il vient de vivre depuis le début de la soirée le confirme. Il va la laisser prendre la main, abattre ses cartes.

Ils parlent de choses sans importance, puis les sujets deviennent plus précis, mais toujours très impersonnels, pour le moment. Elle prend son temps, comme une araignée qui tisse sa toile. Il sent qu'elle attend quelque chose de lui.

Leur repas terminé, une nouvelle bière les aide à prolonger leur face-à-face.

Tout d'un coup, elle pose deux doigts sur sa main gauche posée sur la table. Certaine d'avoir toute son attention, elle retire sa main et lui explique ce qu'elle est devenue.

Elle vit toujours à Ho-Chi-Minh Ville.

Elle a quitté l'entreprise où elle venait d'être embauchée quand ils se sont rencontrés il y a trois ans. Elle y est restée un an à peine.

Elle avait envie de liberté.

Elle a exercé plusieurs jobs avant de rencontrer et de sympathiser avec Ly, une Vietnamienne propriétaire d'un magasin de vêtements « tendances », non loin de Nguyen Hué. Elles se sont rencontrées par hasard à la librairie française Nam Phong, rue Truong Dinh. Ly avait abordé May Phuong en lui parlant français. Elle pensait que cette dernière était aussi d'Hô Chi-Minh Ville, mais son accent l'avait démasquée. Heureuse de rencontrer une Française, Ly l'avait invitée à prendre un verre. Elles s'étaient revues, partageant le même intérêt pour l'art. C'est de là qu'avait germé leur projet commun.

Ly avait une autre boutique qui lui servait d'entrepôt. Elles avaient décidé de la transformer en galerie d'art. Ly prenant en charge tous les aménagements nécessaires, à May Phuong de trouver des artistes et de monter des expositions. Ce qu'elle faisait depuis un peu plus d'un an maintenant. La galerie était ouverte à tous les genres, mais depuis quelques mois, leur projet s'affinait et se concentrait davantage sur la photographie et le dessin. Leur espace avait deux niveaux : le rez-de-chaussée, plus vaste, consacré à la photographie et l'étage, dédié aux arts graphiques et à la peinture moderne.

C'est à cet instant qu'elle lui dévoile le but de son escapade à Dong Hoi, plongeant son regard dans le sien, impossible pour lui de se dérober. Elle aimait son travail photographique, du moins ce qu'il mettait en ligne sur les réseaux sociaux, sur son site web. Ce n'était pas assez, elle voulait en voir plus.

Ne le connaissant pas intimement, elle ne savait comment le rencontrer, elle n'avait pas voulu lui donner un rendez-vous formel. Elle l'avait pisté pour le rencontrer là où il s'était retiré et attendre le bon moment pour lui demander ce qu'elle attendait de lui. Ce qu'elle prévoyait de lui dire demain ou après-demain, elle préférait le lui dire maintenant.

« J'aimerais exposer tes photos sur le Vietnam ». Cela le prenait de court.

Il n'avait rien prévu de ce genre jusqu'à maintenant. Il se contentait de photographier de temps en temps, suivant son humeur, ce qui représentait plutôt un collectage assez hétéroclite.

Il n'avait aucun projet en tête en dehors de celui de se mettre en accord avec lui-même. Ce qui représentait déjà un travail important qui accaparait toute son énergie.

Elle sentit que cette proposition l'avait crispé. Elle lui proposa d'y réfléchir, rien ne pressait, qu'il la contacte si l'idée mûrissait dans sa tête. Pour apaiser la tension apparue, elle replaça la conversation sur sa venue à Dong Hoi.

Elle avait prévu de rester trois jours, pouvait-il l'accompagner ?

Il devait en convenir, il avait très envie de lui tenir compagnie même s'il n'appréciait pas sa démarche pour le rencontrer. Il n'était pas insensible à son charme, mais demeurait prudent. Certaine de ses atouts, elle pensait sans doute pouvoir obtenir rapidement ce qu'elle attendait de lui.

Pour la tester, il lui propose de l'emmener dès le lendemain matin à quelques kilomètres, voir un marché aux poissons sur la plage. La condition est de partir dès 5 h. du matin. Ce qu'elle accepte avec enthousiasme. La soirée est déjà bien avancée, il lui suggère de rentrer à l'hôtel puisqu'ils doivent se lever tôt.

À la réception, il demande à Kien s'ils peuvent emprunter l'un des scooters le lendemain, et un casque pour May Phuong.

Cela est réglé en peu de temps, Kien lui confie les clés et l'assure que le plein a été fait dans l'après-midi. La porte de l'hôtel sera fermée, mais il lui montre où il laissera la clé, sous le bar. Il n'aura qu'à ouvrir la porte et juste la repousser en partant.

Hésitation sur le palier, chacun devant sa porte, finalement, d'un signe de la main ils se souhaitent une bonne nuit.

Seul, dans sa chambre, rétrospectivement, il la trouve gonflée. Sans prévenir, la voici dans la chambre voisine, avec une idée bien précise en tête, celle d'exposer ses photos. Il ne se fait pas d'illusions. Lui ou un autre, ce qu'elle cherche avant tout, c'est de pouvoir assurer la programmation de sa galerie.

Finalement, il en sourit, elle sait ce qu'elle veut ! Elle est vietnamienne jusqu'au bout des ongles ! Ici, ce sont souvent les femmes qui mènent la danse.

Il prépare un boîtier et après avoir longuement hésité, choisit deux objectifs, place le tout dans son sac à dos. Le voilà prêt pour partir rapidement à l'aube.

Allongé sur son lit, avant que le sommeil le gagne, sa voisine de palier est toujours l'objet de ses pensées.

Le marché aux poissons de Nhân Trach

Le lendemain matin, à l'heure dite, elle est déjà dans le hall, tee-shirt blanc, short en jean, souriante. Il évite la bise qu'elle s'apprête à lui donner, en ouvrant la porte rapidement. Il remet la clé en place, descend la petite moto sur la chaussée et lui tend son casque. Pas un mot échangé, juste un sourire.

Ils enfourchent le scooter, lui, place son sac à dos à ses pieds. Elle, pose ses mains sur les poignées placées à l'arrière de la selle et ils prennent la direction de la plage de Nhân Trach.

Le temps est légèrement couvert, un vent léger souffle du large, la température est agréable. Peu de circulation à cette heure, beaucoup de personnes font leur gymnastique quotidienne sur la plage ou se baignent. D'autres font de la course à pied, du vélo.

Chacun profite des heures fraîches pour s'adonner à son sport favori. Ils parviennent rapidement à Nhân Trach.

Il connaît bien ce marché aux poissons. Il s'y est déjà rendu plusieurs fois pour le photographier. Contrairement à celui de Mui Né, dans le sud, ici la plage est propre, peu de plastique. En bonne connaissance des lieux, il prend une ruelle débouchant sur la plage, un peu à l'écart des petits camions qui transportent le poisson sur les marchés de la région. Il gare la moto en prenant garde qu'elle ne gêne pas la circulation, mais une femme lui indique un endroit plus tranquille derrière sa maison.

De là où ils sont, le spectacle est agité et coloré. Les bateaux de pêche rouges et bleus pour la plupart, rassemblés à quelques dizaines de mètres du rivage, sont déchargés de leur précieuse cargaison par une noria de bateaux paniers en bambou tressé, d'autres en métal, qui font la navette entre eux et la plage. Il faut toute l'habileté des pêcheurs pour les mener à bon port, car ce matin la houle est forte.

Sur la plage, le marché bat son plein. L'ambiance est électrique.

Cris des femmes qui se chamaillent les lots de poissons, prise de bec entre celles qui ne sont pas d'accord sur les prix proposés. Éclats de voix, rires, gestes menaçants pour chasser ceux ou celles qui profitent de la cohue générale pour glaner ici et là un ou deux poissons tombés des paniers. Le spectacle est partout.

Il incite May Phuong à se hasarder seule au milieu de toute cette agitation pendant que lui va saisir quelques photos. Il la regarde se joindre à cette foule en effervescence. Il ne peut détacher son regard d'elle. Le soleil à peine levé la nimbe d'une chaude lumière dorée qui la rend plus belle encore. Il l'observe. Elle se faufile au milieu des pêcheurs et des marchandes. Elle est à l'aise, et semble même discuter avec quelques femmes, des éclats de rire lui parviennent. May Phuong s'est saisie d'un poisson et fait mine de vouloir le manger. Décidément, elle parvient à mettre tout le monde de son côté ! Il sourit.

Il se met en chasse, observe. Fait rapidement le tour d'un groupe de femmes. Certains regards l'intéressent. Aussi vif qu'un chat, il se glisse, cadre à l'instinct. Déclenche, sourit, montre à l'une ou à l'autre la photo qu'il vient de saisir. Certaines jouent les timides, et puis tout d'un coup le regardent en souriant, en rajoutent même. Il aime cette atmosphère, tout grouille de vie, mais il ne faut pas se tromper, se jouent ici l'avenir des uns et des autres ainsi que de grosses sommes d'argent. Il a de la chance, le soleil caché un instant par un banc de nuages lui offre une lumière uniforme et douce. Souvent, ici, la lumière est dure, très blanche, bien différente de la palette subtile que lui offre la Bretagne.

Du coin de l'œil, il observe à nouveau May Phuong au milieu des femmes qui vendent et achètent la marée du jour. Elle ne passe pas inaperçue des pêcheurs qui ne la quittent pas des yeux, certains se risquant à l'interpeller. Elle semble répondre à tous, d'unsourire, d'une parole, d'un geste amical, un vrai caméléon.

Il jette un dernier regard à l'ensemble de la scène.

Plus grand-chose à mettre en boîte, cela devient répétitif. Il se dirige vers leur moto et l'attend, assis sur un muret de pierre. Elle est au bord de l'eau, discute avec une jeune femme, tourne la tête, semble le chercher. Il se dresse sur le muret et lui fait de grands signes. Elle l'aperçoit et lui enjoint de la rejoindre. En tendant le bras, elle lui indique un abri de toile sous lequel se trouvent quelques tabourets et tables en plastique.

Elle est déjà assise quand il la retrouve. Avant qu'il ne puisse ouvrir la bouche, elle lui dit qu'elle a acheté deux poissons et que la femme avec laquelle il l'a aperçue est en train de les cuire. Elle adore le poisson grillé !

Que répondre ? Il aime aussi le poisson, même avant le café du matin.

C'est au milieu de ce ballet incessant, entre les hommes chargeant les camions attendus aux divers marchés de la région et les femmes qui distribuent les ordres aux chauffeurs, qu'ils dégustent avec les doigts leurs poissons accompagné d'un filet de citron vert. Elle n'en finit pas de lui dire combien elle est heureuse d'être venue. Jamais elle n'avait vu un tel marché. Elle le remercie de cette découverte. Elle a acheté un gros poisson pour remercier la femme qui les a aidés à garer leur moto, il apprécie son geste.

Ils reprennent la direction de Dong Hoi. En cours de route, deux ou trois fois, elle se laisse aller, s'appuyant ostensiblement contre son dos.

De retour à l'hôtel, il lui demande quand elle souhaite aller au parc Phong Nha.

Sa réponse fuse : « Pouvons-nous y aller aujourd'hui ? »

Ils partiront en début d'après- midi, cela lui laissera le temps de trier les photos réalisées le matin. Le parc est à une heure de route, Ils pourront visiter une grotte avant la fin de la journée et visiter le village.

« Veux-tu revenir à Dong Hoi en fin de soirée ou demain ? »

À peine hésite-t-elle. Elle préférerait revenir le lendemain.

Elle partira dans deux jours pour Hanoï. De là, elle ira rencontrer des artistes de la région de Halong. Elle devrait revenir à Hanoï une semaine après et y séjournera quelques jours. Voudra-t-il la rejoindre ? Elle y rencontrera aussi quelques artistes et des responsables de galeries.

Lui jette-t-elle un appât ?

Comme il le pressentait, elle a bien planifié son programme et sous son air faussement naturel, elle maîtrise bien la situation.

« Ce n'est pas dans mes projets », lui répond-il froidement.

Cette réponse douche l'enthousiasme de May Phuong qui lui répond d'un sourire pincé et s'apprête à le quitter pour découvrir le quartier. Pris de remords, il lui indique l'adresse du S'Café et lui donne rendez-vous pour déjeuner vers 11 h 45.

Dans sa chambre, il se ressaisit.

Il ne va pas se laisser manipuler par May Phuong. Il a passé l'âge de tomber béatement dans les filets de la première venue. Fort de cette décision, il s'installe devant son ordinateur et s'occupe de sa production du matin. Il termine son travail un peu avant 11 h et adresse une demande de réservation pour deux personnes au Homestay Cave à Phong Nha. Les chambres y sont très bien, spacieuses et confortables. Les fenêtres et la terrasse donnent sur la rivière. Il appelle ensuite un chauffeur qu'il connaît. Ce taxi le conduit parfois quand il veut s'éloigner de Dong Hoi pour découvrir la région. C'est plus sûr qu'en moto.

Le chauffeur passera les prendre vers 15 h.

Il descend de sa chambre et trouve May Phuong dans le hall de l'hôtel en train de s'exercer au billard. Elle se redresse avec son sourire charmeur.

« Es-tu satisfait de tes photos ? »

Il élude la question et lui décrit le programme de l'après-midi.

Ils ont le temps de déjeuner et de préparer leurs affaires avant 15 h. Il lui propose d'aller de l'autre côté du canal,dans un resto où il a ses habitudes. Le soleil a réussi à percer les nuages, la chaleur est lourde mais supportable. Ils sont néanmoins ravis de se retrouver dans la salle climatisée.

Comme d'habitude, à cette heure, il y a peu de monde, seulement deux tables sont occupées, chacune par un couple. D'un commun accord, il commande un plat de nouilles de riz accompagnées d'un assortiment de viande et tofu frit avec du thé.

Tout en déjeunant, elle le questionne à nouveau sur ses photos faites au marché. Cette fois, il lui répond qu'il en a une douzaine de bonnes, et quelques autres de second choix. Elle aime ce genre de marché très typique, animé, coloré. Il lui indique qu'il y en a ainsi tout le long des côtes du Vietnam, comme dans d'autres pays d'Asie.

Leur relation se pacifie. Aucun des deux ne semble plus vouloir prendre l'ascendantsur l'autre. Ils ont le temps d'aller prendre un café avant de préparer quelques affaires pour leur court séjour à Phong Nha.

Assis à l'ombre de la terrasse de son café favori, il ose lui demander si elle a pu retrouver des membres de sa famille.

Le sourire de May Phuong se fige, elle se tord nerveusement les doigts.

Il regrette cette question.

La quête de May Phuong

Les recherches qu'elle a entreprises pour retrouver d'éventuels liens familiaux à Saïgon n'ont pas été positives. Elle a rencontré des cousins éloignés qui très rapidement lui ont fait comprendre qu'ils avaient besoin d'argent alors qu'ils tiennent des commerces. Déçue, elle a aussitôt coupé court à toute relation.

Ses parents l'avaient mise en garde. Si elle retrouvait de la famille, les relations ne seraient peut-être pas à la hauteur de ce qu'elle espérait.

À Saïgon, elle a retrouvé la maison où étaient employés ses grands-parents maternels. Aujourd'hui, elle a été transformée en musée.

Du côté de son père, elle n'a rien retrouvé. Le quartier a été en partie détruit lors de combats et aujourd'hui tout a été reconstruit, ne laissant plus de place au passé.

Elle a réussi à trouver la trace de cousins éloignés, du côté paternel, partis au Canada et il ne reste à Ho-Chi-Minh, qu'un vieil homme qui n'a plus toute sa tête. Elle n'est même pas certaine qu'il soit de la famille.

Il se risque à lui demander si elle retourne régulièrement en France.

À sa grande surprise, elle lui dit n'y être retournée qu'une fois, juste avant de s'investir dans ce projet de galerie.

Ses parents, Loan et Duy sont venus la voir, juste une courte semaine. C'était la première fois qu'ils revenaient au Vietnam. Pour Loan, sa mère, ce séjour avait été difficile. Elle essayait de retrouver dans ses souvenirs la Saïgon qu'avaient connue ses parents, mais n'avait pas voulu voir la maison où ils étaient employés avant de partir. Cette maison où elle avait dû aller, enfant.

Son père ne disait mot.

Il découvrait la ville d'aujourd'hui, étonné que sa fille puisse s'y plaire. Il avait tenu à voir le nouveau quartier qui remplaçait celui où avait vécu sa famille. Il n'avait rien dit, figé dans un mutisme durant tout leur séjour.

Elle ne pense pas qu'ils reviendront un jour.

Ils ont tellement tout fait pour être de parfaits Français, que lorsque dans la rue on les reconnaissait comme des Vietnamiens de l'étranger, et qu'on leur adressait la parole, ils étaient pris de panique.

La déception de May Phuong est encore présente. Elle aurait aimé partager avec eux son enthousiasme pour le pays de leurs origines.

Elle retournera en France avant la fin de l'année pour leur rendre visite, lui dit-elle avec lassitude, une ombre dans le regard.

Ils regagnent l'hôtel, côte à côte, silencieux, leurs bras nus s'effleurent parfois, comme si quelque chose de ténu venait de les réunir.

Peu avant 15 h, ils sont prêts, chacun avec leur léger bagage pour ce court périple. Le taxi est à l'heure, ils saluent Binh d'un signe de la main et prennent la route de Phong Nha.

Ils se sont installés tous les deux sur la banquette arrière. Après quelques kilomètres sans paroles, il lui raconte son expédition à Sainte-Livrade sur Lot. Il lui demande de l'excuser. Il ne voulait pas s'immiscer dans sa vie, mais souhaitait seulement connaître l'histoire de ces Vietnamiens français dont faisaient partie ses grands-parents maternels et sa mère Loan.

May Phuong, reste silencieuse. Son visage s'est empreint de gravité, la rendant plus belle encore.

Elle lui prend la main, la presse entre les siennes.

« Pourquoi, pourquoi as-tu été là-bas », lui demande-t-elle d'une voix à peine audible.

« Parce que c'est notre histoire commune, celle de nos parents, même si leurs histoires sont différentes, elles ont pour point commun, l'exil, le déracinement. Mon père, tes grands-parents et combien d'autres ont quitté leur pays pour des raisons diverses qui leur appartiennent. Pour eux tous, l'exil trouve sa source dans la colonisation de l'Indochine et de ses conséquences. Toi et moi, sommes issus de cette Histoire. C'est notre Histoire. »

Il lui dit brièvement son mal être, ses doutes.

Lui est sang mêlé, il fait face depuis peu à son métissage.

Il a besoin de réponses pour comprendre qui il est.

Elle n'a pas lâché sa main durant tout ce temps.

Après un long silence, elle lui avoue avoir été tentée de faire cette visite. Elle n'a pas pu, elle n'a pas osé aller seule, affronter ce passé familial douloureux.

Sa carapace de jeune femme fatale à laquelle rien ne résiste n'est pas inoxydable. Il ne la juge pas. Chacun se protège comme il le peut. L'important est de vivre du mieux possible sa vie avec le passé qui nous appartient ou que l'on subit.

Elle a desserré son étreinte, libéré sa main.

Plus tard, d'un baiser sur la joue, elle le remercie de lui avoir dit cela. Peut-être s'y rendra-t-elle un jour. Elle n'écarte pas cette possibilité, mais elle n'est pas encore prête pour ce pèlerinage.

Phong Nha, jour 1

Leur voiture arrive à Phong Nha en peu de temps.

Le village paisible s'étire le long du fleuve. Leur homestay situé en bordure de l'eau est constitué de petits chalets sur pilotis dont les terrasses donnent sur la rivière. Les montagnes se pressent tout autour comme un écrin de verdure créant un microclimat à la température tempérée. La forêt tropicale grimpe jusqu'au sommet de la Cordillère Annamitique offrant une palette de vert dont les nuances sont plus subtiles les unes que les autres.

May Phuong est sous le charme des lieux, son attitude n'est pas feinte. Ils conviennent avec leur chauffeur qu'il passe les reprendre le lendemain vers 15 h.

Ils s'installent rapidement dans leurs chambres mitoyennes.

Un batelier les attend au pied de la terrasse pour les emmener visiter la grotte de Phong Nha située à deux kilomètres en amont. Sur la rivière, ils croisent de nombreuses barques, le plus souvent manœuvrées par des femmes qui récoltent des algues sur le lit de la rivière. Il lui explique, pour y être déjà venu, que ces algues servent de nourriture pour des élevages de poissons bio. Leur croissance est plus lente mais leur chair est plus délicate et savoureuse que celle des poissons d'élevages industriels. Plus loin, des enfants jouent sur le bord de la rive tout en surveillant quelques buffles qui se baignent.

Elle ne dit mot durant le trajet jusqu'à la grotte, observant et s'imprégnant de tout. Parfois elle tend le bras, lui montre quelque chose, ravie, comme une enfant. Installé derrière elle, il ne la quitte pas des yeux, subjugué. Il la retrouve maintenant comme lors de leur première rencontre à Saïgon.

Le batelier stoppe le moteur et poursuit la navigation à la rame. La rivière Sông Con sort des entrailles de la terre par une bouche béante dans laquelle s'engouffre leur embarcation. En quelques coups de rame, ils passent du jour aux ténèbres souterraines. Les sons du dehors s'estompent peu à peu tandis qu'ils glissent sur l'eau éclairée par la torche du batelier. Seuls les cris stridents des hirondelles qui nichent non loin de l'entrée de la grotte déchirent le silence. La barque pénètre maintenant dans une cavité aux dimensions impressionnantes. Ce n'est pas la plus grande du parc qui en compte près de 300. Ils ont beau être sous terre, au cœur de la montagne, l'atmosphère est moite, les vêtements collent à la peau. Leur embarcation glisse silencieusement sur l'onde dont l'éclairage de la grotte révèle la couleur de jade. Peu après le batelier les invite à descendre sur une plage au milieu de l'immense grotte. Ils vont poursuivre la visite à pied, il les attendra à la sortie. Le site est grandiose, les dimensions de cette cathédrale souterraine sont impressionnantes. Il se saisit de l'occasion pour demander à May Phuong de poser afin de donner une échelle humaine à l'ensemble de la caverne qu'il souhaite photographier. Elle prend volontiers la pose, se prête au jeu avec entrain. Son boîtier crépite, il change d'objectif, se rapproche d'elle. Ils sont face à face. Lui à l'abri derrière son appareil, la suit à travers tous les recoins de la cavité où elle prend des poses de plus en plus charmeuses. Ils sont quasiment seuls, c'est un privilège, car l'endroit attire les foules.

D'un signe, il lui fait comprendre qu'il a ce qu'il faut et part photographier des formations géologiques près de la plage où ils ont débarqué.

Le temps passe. Tout occupé à ses prises de vues, il poursuit sa chasse photographique sans la revoir. Quand il atteint la sortie, il ne la trouve pas. Il parcourt les alentours du regard sans l'apercevoir. Sans doute se promène-t-elle dans les environs, lasse de l'attendre. Près de trois heures se sont écoulées depuis qu'ils ont débarqué sur la plage souterraine.

Il repère leur barque, abandonnée par son capitaine qui a rejoint d'autres bateliers sur un bateau voisin, et va s'asseoir près de l'eau sous l'ombre des arbres.

Bientôt près de vingt minutes qu'il l'attend. Il commence à s'inquiéter. Soudain il l'entend qui le hèle, elle sort juste de la grotte, son tee-shirt blanc est maculé de sable ou de boue.

Elle arrive, radieuse, ravie de cette découverte. Les superlatifs fusent, sa voix se fait plus pointue comme chaque fois qu'elle parle avec passion.

« Cet endroit est magique ! Je me suis même faufilée dans de petites failles dont je ne parvenais plus à m'extraire. Je n'ai jamais rien vu de semblable ! »

Il se souvient avoir fait la même chose la première fois qu'il y est venu.

La barque les ramène à leur gîte.

Elle s'est assise à sa gauche, sur le même banc. Un coup de rame un peu brusque du batelier, pour éviter un objet qui flottait à la surface de l'eau, la pousse contre lui. Leurs bras nus s'effleurent, retenant son souffle, il reste immobile. Il sent la chaleur et la douceur de sa peau contre la sienne. Silencieux, ils regardent le paysage, évitant de rompre l'intimité de cet instant. Leurs doigts se trouvent timidement, leurs yeux se sourient, complices.

Le jour commence à décliner quand ils débarquent. Le ciel se teinte de violet au-dessus de la montagne, de bleu foncé dans le lointain, vers l'est. De petits nuages sombres s'accrochent aux sommets. Dans le firmament, quelques étoiles commencent à briller comme de petits diamants, dans l'air flotte le doux parfum sucré des frangipaniers en fleurs. Sur le seuil de leurs chambres, ils se donnent rendez-vous pour dîner à 19 h.

Après s'être douché et changé, il nettoie et range son matériel photo, prétexte pour apaiser le trouble qui est en lui. Avant de sortir, il glisse son boîtier compact au fond de son sac à dos, et prend une liasse de dongs.

May Phuong l'attend déjà, accoudée sur la balustrade de la terrasse. Elle ne voulait pas le déranger. Toujours très élégante, elle a revêtu un débardeur blanc sous lequel et un pantalon de toile noire.

La nuit les entoure. Seule la lampe de la terrasse apporte un peu de clarté, et crée un clair-obscur sur son visage. Il lui demande de rester immobile, saisit son appareil et fait quelques portraits d'elle. Cette fois-ci, elle reste naturelle, se contentant d'incliner légèrement la tête à droite ou à gauche quand il le lui demande.

Il lui tend son appareil en lui indiquant comment visionner les photos. Les photos défilent lentement, elle les examine avec attention, lève les yeux et le remercie d'un franc sourire.

Ils empruntent deux vélos pour aller dîner au village distant d'un bon kilomètre. Ils pédalent côte à côte, goûtant à la fraîcheur du soir, échangeant juste quelques regards. Une relation plus intime, dont ils ont conscience, se noue entre eux. Leurs sens sont en éveil, leur cerveau et leurs envies troublent leur raison. Prudents, ils font tout pour ne pas rompre le charme qui s'installe entre eux.

Sans paroles, du regard, ils choisissent un restaurant de grillades près de la rivière. Ils commandent un assortiment de viande qu'ils partageront avec une salade de mangue verte au gingembre et deux bières. Ils commencent leur dîner dans leur bulle, hors du temps présent, jusqu'au moment où son regard se plante dans le sien, interrogatif.

Il est en confiance, il peut enfin se livrer.

Il lui confie cette quête d'identité qui le travaille, du Vietnam dont il est malade quand il ne s'y trouve pas. De ce que cela a provoqué dans sa vie personnelle. Il essaie d'être concis, sans s'épancher, de trouver les mots justes.

Il lui raconte ce séjour à Dong Hoi, sans rien omettre.

Ni le chaman, ni les larmes versées la première fois, ni celles d'avant…

Elle le laisse lui dire son histoire sans l'interrompre, juste un sourire de temps à autre pour l'encourager. Pas le sourire enjôleur dont elle fait souvent usage, non, juste un sourire d'empathie.

Il se tait.

Le silence de la nuit les enveloppe, juste troublé par quelques cris d'oiseaux nocturnes et le coassement des grenouilles ou crapauds.

Ce long monologue l'a épuisé, May Phuong demeure silencieuse, l'air un peu triste. Triturant sa serviette en papier, il reprend la parole, concernant l'exposition dont elle lui a parlé. Il lui avoue être pris au dépourvu. Il ne se sent pas prêt à s'engager sur un tel projet. Il n'est pas disponible intellectuellement et n'est pas certain de pouvoir sortir quelque chose d'intéressant et cohérent des photos qu'il a déjà réalisées.

Si elle le souhaite, il veut bien, malgré tout, lui confier une copie de ses meilleures photos. Elle décidera de la suite à donner

Elle l'a écouté sans mot dire, juste remercié de lui faire confiance. Rien ne presse, qu'il lui fasse signe quand il sera prêt.

Le repas touche à sa fin. Leurs mains se sont trouvées, se sont nouées. Ils s'attardent, peu pressés de prendre le chemin du retour.

Hésitante, elle lui confie qu'elle vit seule.

Elle a fait quelques rencontres sans lendemain. Ne veut pas ou n'ose pas vouloir s'engager dans une vie de couple. Elle privilégie sa liberté, ne pas avoir de comptes à rendre à quelqu'un et surtout ne se sent pas prête à franchir ce pas. Elle lui a dit tout cela d'une traite, comme pour se prémunir de ce qui semble se passer entre eux.

Le charme est rompu.

Ils se lèvent, règlent leur addition, et reprennent leurs vélos pour faire le chemin inverse. Sur la terrasse de leurs chambres, ils se donnent rendez-vous pour prendre leur petit déjeuner vers 8 h. Il s'apprête à ouvrir sa porte, quand elle franchit le peu d'espace qui les sépare pour l'embrasser dans le cou et blottir sa tête au creux de son épaule.

Interdit, il ne bouge pas. Il passe un bras autour d'elle, la garde près de lui quelques instants puis doucement l'écarte et l'embrasse sur le front.

Il se couche en pensant à elle, à cette soirée particulière.

Elle l'attire, il se l'avoue, mais ne souhaite pas avoir d'aventure avec elle.

Il pressent qu'un autre lien les unit peu à peu.

Phong Na, jour 2

Il s'est réveillé de bonne heure, en a profité pour aller faire quelques photos le long de la rivière. L'aube est un moment magique. Que ce soit au Vietnam ou en Bretagne, il aime voir naître un jour nouveau, la promesse d'un futur à venir, à vivre.

La matinée s'annonce plus chaude que la veille, le ciel est d'un bleu immaculé.

La route est déserte, les maisons s'éveillent presque sans bruit, seuls les coqs qui se répondent d'un bout à l'autre de la vallée troublent cette quiétude. Sur la rivière, les pêcheurs glissent silencieusement dans de longues barques en bois, s'arrêtant juste le temps de lancer leur filet épervier sur un banc de poissons trahi par l'eau claire. Les premières embarcations des ramasseuses d'algues quittent les rives par petites flottilles de deux à quatre barques, puis vont se poster chacune à un endroit bien précis pour la collecte.

Au retour, il croise les premiers écoliers en short bleu et chemisette blanche ornée de l'écusson de leur école, certains à pied, d'autres à bicyclette. Leurs visages trahissent un réveil tardif ou trop précoce, les cours commencent à 7 h 30.

En le voyant, leurs visages s'illuminent et les « *hello !* » fusent au milieu des rires. Difficile de passer inaperçu, surtout avec un appareil photo.

Quand il revient à Carambola Bungalow, May Phuong est déjà sur la terrasse, devant une tasse de café et un bol de phô. La porte de sa chambre est ouverte. Elle ne doit pas être levée depuis longtemps, elle ne s'est pas encore coiffée.

Elle s'enquiert de sa sortie photo, s'il a bien dormi. Elle est levée depuis peu de temps, lui dit-elle, après une longue nuit sans doute due au calme des lieux. À Ho-Chi-Minh, elle est toujours réveillée de bonne heure par des voisins bruyants, ou par la circulation de la rue. Il s'assied en face d'elle, commande un café et une assiette de nouilles sautées avec une omelette. Il se lève pour ouvrir le parasol et les mettre à l'abri des premiers rayons du soleil déjà brûlant. En s'asseyant, il remarque une certaine lassitude sur son visage, elle paraît absente, mal réveillée. Elle s'est plongée dans un mutisme qu'il ne veut pas rompre, le regard perdu dans un ailleurs qui lui est étranger.

D'un pauvre sourire, elle l'interpelle du regard, puis s'excuse.

Hier soir, avant de s'endormir, elle a repensé à son voyage à Sainte-Livrade-sur-Lot. Elle lui est reconnaissante d'avoir partagé avec elle ce qu'il a vécu et ses impressions lors de cette visite.

Ce qui l'a le plus marqué, c'est sa façon de résumer ce voyage, de lui avoir dit :

« c'est notre histoire commune, celle de l'exil. »

Elle n'avait pas envisagé les choses sous cet angle. Cela l'a tenu éveillée un bon moment. En réfléchissant à l'histoire de ce petit pays, s'il n'avait pas été colonisé, son Histoire, celle de son peuple et la leur, aurait connu des destins différents.

Ils ne seraient pas là à en parler…

Elle avait surfé sur le net pour retracer rapidement les évènements importants du Vietnam qu'elle ne connaissait pas si bien, ne s'intéressant qu'au Vietnam d'aujourd'hui. Elle lui avoue que cela la perturbe, elle est obligée, en toute connaissance de cause, de voir aujourd'hui son histoire personnelle sous un nouvel angle.

Elle a peu dormi. Elle a mûrement réfléchi et pris sa décision. Quand elle rentrera en France, elle se rendra à Sainte-Livrade-sur-Lot, en mémoire de sa famille et pour savoir d'où elle vient.

Après cette confession, un sourire las illumine son visage, le regard tourné vers la rivière où règne une agitation plus que palpable. Les embarcations qui conduisent les touristes vers la grotte ont repris du service. Elles sont nombreuses ce matin avec celles des cueilleuses d'algues et des pêcheurs, à s'entrecroiser sur l'eau. Des gamins font leurs ablutions tout en jouant dans l'eau, laissant éclater leur joie de vivre dans de grands cris.

Ils regagnent leur chambre, prennent leurs bagages et vont à la réception attendre le taxi qui doit les conduire à la grotte du Paradis. Leur voiture arrive presque aussitôt.

Le trajet n'est pas très long.Assis côte à côte, le regard happé par le paysage qui défile, l'esprit en voyage dans le tréfonds de leurs souvenirs ou de leurs interrogations, ils se sont réfugiés au plus profond d'eux-mêmes.

Il s'attache de plus en plus à May Phuong. Cette jeune femme présente de nombreux traits communs avec lui à moins que ce ne soit une projection de son esprit. Il est avide de la connaître davantage.

L'accès à la grotte est un peu plus long que ce qui est indiqué. Il ne s'en souvenait plus, sinon ils auraient pris la navette électrique. Cette courte balade leur a donné chaud, ils étouffent, cela va empirer en cours de journée comme le présage le ciel bleu azur.

Au cours de la visite, plusieurs fois, leurs mains se sont effleurées, se sont unies de courts instants, sensation étrange d'une intimité prudente. En gravissant un escalier en bois, son pied a glissé, il l'a retenue et l'a gardée un moment contre lui, ses cheveux contre son visage, s'imprégnant de son parfum aux fragrances de vanille. Pour s'en souvenir…

Instant de trouble partagé, consenti, rien à voir avec un flirt, mais une sorte de fusion, d'union secrète. Un lien invisible qui les unit un peu plus, au fur et à mesure qu'ils apprennent à se connaître.

3

Philippe

Il s'est décidé au dernier moment, a bouclé sa valise, laissant l'essentiel de ses affaires dans sa chambre, a dit au revoir à ses amis surpris de son départ précipité, a pris le train pour Hanoï.

Il ne va sans doute y passer que quelques jours. Le voyage en avion aurait été plus rapide, mais il veille à la santé de ses finances. Il lui faudra environ une dizaine d'heures pour effectuer le voyage.

Il ne va pas rejoindre May Phuong comme elle le lui avait proposé. Elle n'est plus à Hanoï depuis longtemps, elle a regagné Saïgon.

Il va rejoindre Philippe.

Une relation faite via Facebook.

Il avait lancé un message sur les réseaux sociaux, il y a de cela près de deux ans, pour trouver, rencontrer des personnes qui avaient une histoire avec le Vietnam, notamment des Eurasiens.

Philippe était l'un d'eux.

Ils s'étaient rencontrés deux fois.

Né d'un père français, simple employé pour l'administration coloniale, et d'une mère vietnamienne, jeune paysanne, il était devenu orphelin peu après sa naissance. Ses parents furent tués lors d'un combat entre les forces françaises et le Viet Minh, dans leur petit village près de Tourane (Danang aujourd'hui).

Recueilli par des religieuses, peu de temps après, il avait été ramené en France avec d'autres Eurasiens en 1954, par la F.O.E.F.I.[2] qui l'avait pris en charge.

À son arrivée, il fut placé dans un centre d'accueil de la F.O.E.FI. dans la région de Tours. Souffrant d'insuffisance cardiaque, il passa de longs mois partagés entre l'hôpital et le centre avant de passer le reste de son enfance dans des familles d'accueil.

Une des religieuses qui l'avait recueilli en Indochine, de retour en France, l'avait retrouvé. Elle venait lui rendre visite régulièrement dans le petit village de Saint-Pierre-de-Bailleul, près de Vernon, dans l'Eure, où après ses 13 ans il était resté chez la même famille, devenue un peu la sienne.

C'est ainsi qu'il connaissait le peu de son histoire familiale.

Par la suite, opéré de sa malformation congénitale, il avait pu poursuivre ses études et était devenu responsable commercial Asie d'une société d'import-export. C'est le genre d'emploi qu'il recherchait, ne voulant pas vivre constamment en France où il ne se sentait pas vraiment à sa place.

Lors de leur première rencontre, à Paris, Philippe n'avait pas été particulièrement loquace. Le personnage était méfiant, sur ses gardes. Il l'avait compris dès les premiers mots échangés.

Ce fut presque un voyage pour rien.

À sa surprise, Philippe l'avait appelé peu de temps après, lui demandant s'ils pouvaient se revoir à Rennes où il venait passer un week-end.

Ils s'étaient retrouvés en milieu d'après-midi, le dimanche, avant qu'il prenne son TGV pour Paris.

[2] F.O.E.F.I. : Fédération des œuvres de l'enfance française en Indochine

D'emblée, Philippe lui avait confié que leur rencontre précédente l'avait perturbée.

Elle avait fait naître en lui des questions relatives à ses origines, à ce qu'il était, qui il était. Des souvenirs lui sont revenus, pas ceux du Vietnam il était trop jeune, mais ceux de son enfance, en France.

Des souvenirs douloureux, des moqueries par rapport à son statut d'orphelin, à sa maladie, à son physique. « *Chinetoc* », ce mot et d'autres encore, il les avait oubliés. Quant à ce prénom, Philippe, c'était comme un uniforme qu'il portait de force.

« Personne ne choisit son prénom », avait-il rétorqué à Philippe. « Je suis certain que ma mère m'avait donné un prénom, de là-bas… » répondit Philippe d'une voix contenue.

Le visage soudain devenu pâle, comme tordu par la douleur, il avait craché son mal de vivre, sa tristesse qu'il traînait depuis l'enfance. Celle d'être sans famille, mais aussi quelque chose d'ancré plus profondément en lui, une souffrance qu'il ne pouvait pas nommer. Mal dans sa peau, il ne pouvait tenir en place, ne se sentant bien nulle part. C'est la raison pour laquelle il aimait son job. Il était sans arrêt entre deux destinations, et quand il se trouvait quelque temps à Paris, c'était dans l'attente d'un nouveau départ.

Dans un sursaut, les questions ont fusé.

Comment est le Vietnam d'aujourd'hui, l'anglais est-il couramment pratiqué, comment doit-on se comporter, quels sont les lieux incontournables ?

Lui, le voyageur rompu aux voyages était là, comme un novice, à se renseigner, à vouloir des réponses pour calmer son angoisse d'un possible départ.

Le Vietnam était le trait d'union entre eux, la conversation ne s'arrêtait pas. Les minutes, les heures passèrent.

Les yeux perdus dans le noir de son café, il murmura :

« Vietnam, je ne cesse d'y penser. »

Philippe dut prendre le dernier train.

Quelques mois après, sur Messenger, il reçut une photo de la poste de Ho-Chi-Minh. Philippe était au pays.

Depuis, il y est retourné plusieurs fois. Destinations différentes au gré de ses envies, de courts séjours à chaque fois. Se familiarisant peu à peu avec le pays, comme lui l'avait fait. Ils correspondent régulièrement, sont devenus proches, presque amis, mais ne s'étaient pas revus.

C'est pour cette raison qu'il s'était finalement décidé à rejoindre Philippe.

Leur rencontre aurait une autre saveur, ici, au pays de leurs origines. Ce dernier lui avait proposé cette rencontre par mail avant de partir pour un voyage d'affaires en Chine au cours duquel il ferait une halte à Hanoï.

Installé dans son wagon, il est le seul « étranger » à avoir pris le train à Dong Hoi. Beaucoup de monde s'installe, des familles principalement. Tous ne vont pas rejoindre la capitale, beaucoup descendront en cours de route. Des touristes prendront place à bord pour rejoindre Hanoï cet après-midi à la gare de Ninh Binh, la porte d'entrée de la baie d'Halong terrestre.

Les mouvements saccadés du train le plongent dans un sommeil entrecoupé de sursauts brusques dus à la déformation des rails. À chaque accalmie, son esprit s'échappe et il repense à ces deux jours passés avec May Phuong.

À leurs premiers instants où, maladroitement elle voulut jouer au chat et à la souris. Une relation étrange s'était nouée rapidement entre eux. À aucun moment, l'un ou l'autre n'avait souhaité aller plus loin. Rien n'aurait pu les en empêcher.

D'un accord tacite, cette relation, intime, profonde, leur suffisait pour être complices, proches l'un de l'autre. Relation secrète qui ne disait pas son nom.

Elle lui proposa à nouveau de la rejoindre à Hanoï, quand elle eut quitté Dong Hoi. Il refusa, lui promettant de réfléchir sérieusement à sa proposition d'exposition.

Peu de temps après, quand elle l'informa de son de retour dans le sud, il lui adressa une sélection de ses photos du Vietnam. Il lui joignait également quelques portraits d'elle qu'il avait saisis lors de leur séjour à Phong Na. C'était un très beau modèle de près d'un mètre soixante-dix, menue, aux formes harmonieuses, doublée d'un esprit vif et d'un caractère bien trempé.

Il était sous le charme de ce visage aux pommettes à peine marquées, aux yeux pétillants en amandes, encadré d'une fine chevelure noire s'arrêtant juste au-dessus des épaules. Ce qu'il avait pu percevoir se révélait sur les clichés. Son visage dégageait autre chose qu'une simple beauté. Son expression laissait poindre une volonté que rien ne semblait pouvoir ébranler, mais un voile triste, à peine perceptible au fond de ses yeux, révélait une fêlure enfouie au plus profond d'elle-même. Un secret bien caché par cet air distant, qu'elle prenait quand elle se sentait en danger.

Le train n'en finit pas de brinquebaler sur cette voie rafistolée depuis des années et plus moyen d'essayer de sommeiller. Cela lui rappelle son premier voyage. Il avait fait l'aller-retour Saigon-Hanoï. Voyage épique, haut en couleurs et en rencontres dont il garde le souvenir très frais dans sa mémoire malgré les années.

Il a prévenu Philippe au dernier moment qu'il viendrait le rejoindre. À l'heure où lui était dans le train, Philippe était quelque part dans les airs. Il arriverait le lendemain matin à l'aéroport international de Nội Bài.

Malgré le déclin du soleil en cette fin de journée, la chaleur reste étouffante à l'intérieur du wagon, et la climatisation capricieuse. Encore trois bonnes heures avant d'arriver à destination. Comme il l'avait prévu, le compartiment s'est rempli à Ninh Binh, des touristes vietnamiens, et des Occidentaux, Russes pour la plupart. Le paysage des rizières laisse place à présent à une zone urbaine de plus en plus dense. Les premières tours se dressent dans le lointain grisâtre, mélange de brume et de pollution dû à la densité de la circulation et aux fumées des brûlis des rizières déjà moissonnées que le vent du sud pousse vers la mégapole.

Le train arrive en gare d'Hanoï à l'heure exacte.

Le temps d'en sortir, de prendre un taxi, le voilà en route pour son hôtel favori, Maison d'Orient, au centre de la vieille ville.

Comme chaque fois qu'il descend ici, il a l'impression d'être un peu chez lui, le personnel, très attentionné à son égard, connaît ses habitudes.

Après une douche rapide, il sort dîner. Ses vêtements collent déjà à la peau sous la chaleur humide. Il s'arrête à deux pas chez Pho 10 réputé pour ses différentes *phô*.

Hanoï tient une place spéciale dans sa vie, il y est très attaché.

C'est l'une des rares grandes villes où il aime revenir, dont il aime l'ambiance grouillante de vie. Ville où l'effervescence et la nonchalance se côtoient, résumant le paradoxe de ce pays. Si on ose se hasarder dans les ruelles entre les immeubles, on découvre d'autres mondes, des sortes de villages urbains. Chacun avec son petit marché, ses petits commerces, ses cafés, ses places, parfois un étang. Les gens se connaissent, se hèlent, l'inconnu est vite repéré. Celui qui pénètre dans cet espace est un étranger, il n'est pas d'ici, mais chacun l'accueillera, l'aidera si besoin. Il lui est arrivé maintes fois de se perdre dans le dédale de ces petites rues, à chaque fois, quelqu'un est venu spontanément à son secours.

Ce soir, par habitude, il se dirige vers le lac Hoan Kiem. S'il en a le courage, il en fera le tour avant d'aller se coucher. Il retrouve l'ambiance singulière qui anime ce lieu très couru des touristes et des habitants de la ville.

C'est le cœur d'Hanoï.

Malgré la modernité et la mondialisation présentes, il semble qu'une partie du temps se soit figée ici. Tôt le matin, les anciens y pratiquent leur séance de sport quotidienne et après le tumulte de la journée, la soirée se fait romantique. Ambiance surannée au bord de l'eau quand sur les boulevards, l'insouciance et l'insolente vitalité des jeunes s'affichent en défiant les codes de bonne conduite en vigueur par des tenues modernes et sexy.

Hanoï, jour 1

La nuit a été réparatrice, il se lève en pleine forme. Après avoir pris son petit déjeuner, il s'est attardé un peu pour discuter avec la responsable de l'hôtel qui parle français. L'un et l'autre ont pris des nouvelles de leurs familles respectives, ont partagé leurs projets en cours.

Il sort au hasard des rues, appareil photo en bandoulière. Dans cette ville, les sujets sont nombreux. Il prend un taxi et se fait déposer de l'autre côté du fleuve Rouge. Il revient par le pont Long Bien (ancien pont Paul Doumer). C'est toujours un voyage hors du temps que d'emprunter ce pont métallique que la rouille a définitivement conquis. Il nous ramène à la période coloniale, au temps des hordes de vélos.

Époque silencieuse comparée à celle d'aujourd'hui où des milliers de motos transitent chaque jour dans l'enfer des moteurs et des klaxons.

Il est toujours fasciné par le spectacle qui s'y déroule, et par le flegme et l'adaptation des Vietnamiens à toute situation. Il y a deux voies de circulations de part et d'autre des rails, chacune utilisant le code de circulation des trains qui est à l'inverse de la circulation automobile. Souvent, des motocyclistes s'engagent à contresens. Ils provoquent des ralentissements, des embouteillages.

Personne ne râle, ne s'emporte, chacun ralentit, s'arrête s'il le faut et reprend sa route sans un mot ou geste d'humeur.

Il fait une halte au milieu du pont, au-dessus du fleuve Rouge. Vers la rive côté ville, certains s'adonnent à la natation dans ces eaux toujours troubles, chargées de limon et de déchets en tout genre. Les minuscules points qui s'agitent dans ces eaux, utilisent les contre-courants près de la berge pour remonter le cours du fleuve jusqu'à hauteur du pont, puis se lancent dans le courant vers l'aval. Leur seule protection pour éviter la noyade éventuelle : un gros bidon en plastique attaché à une corde passée autour de leur taille.

Sur le chemin du retour, il déjeune rapidement de quelques grillades sur un trottoir dans le quartier des 36 corporations, puis rentre se reposer à l'hôtel.

Il doit retrouver Philippe en fin d'après-midi au bar situé dans le parc qui borde le lac Hoan Kiem.

Grâce à la proximité du lac et à la frondaison des arbres, la chaleur y est supportable. Des groupes de jeunes et des familles y sont déjà nombreux et resteront sans doute pour pique-niquer. Parvenu non loin du bar, il repère Philippe installé à une table sirotant une bière.

Retrouvailles émues pour les deux hommes, comme celles de deux frères qui se retrouvent après une longue absence. Philippe, dans un grand sourire, le remercie chaleureusement. Grâce à lui, il découvre son pays. Il lui raconte tout jusque dans les moindres détails. Pendant ce temps, les bières défilent et la chaleur n'en est pas la seule responsable.

Leur rencontre a provoqué un déclic lui confie-t-il.

« J'y vais prudemment. Ma seule crainte est d'être happé par le pays. Je ne suis pas encore prêt à me livrer totalement. J'ai conscience que si je le fais, un point de non-retour sera franchi. »

C'est son quatrième voyage, et son deuxième séjour à Hanoï où il est venu la première fois il y a moins d'un an. Il y était resté une semaine et en avait profité pour aller visiter la baie d'Halong terrestre pendant deux jours. Cette fois-ci, il ne peut rester que jusqu'à lundi matin. Il doit être lundi soir à Shenzhen pour son travail.

Il lui raconte ce qu'il ressent depuis qu'il a entrepris ces voyages. Une sorte de libération s'est opérée en lui. Il se sent mieux. Il ne saurait expliquer cela de façon rationnelle, mais depuis que le Vietnam est entré en lui, intérieurement, il se sent apaisé.

Il y a quand même un bémol à cet état de grâce, lui avoue-t-il en riant. Depuis, il ne pense qu'au prochain voyage qui le ramènera ici ! Son métissage est encore un frein à un séjour de longue durée, il n'est pas encore prêt à franchir cette étape.

Ses questions sur ses origines ne sont pas simples.

S'il porte bien le nom de son père, ses parents n'étaient pas mariés quand ils ont été tués. Il tient cette information de sœur Marie-Jeanne, aujourd'hui disparue. Elle lui a transmis tout ce qu'elle savait de son histoire, bien peu de choses.

Savoir que ses parents vivaient ensemble, avec lui, sans être mariés, l'interroge. Est-ce la vérité ? Son père ne l'a-t-il pas reconnu simplement pour se faire pardonner une nuit d'ivresse ? Sœur Marie-Jeanne ne lui a-t-elle pas compté une autre histoire plus simple à vivre ?

Cette question le taraude sans cesse, était-il le fruit de l'Amour ou d'un accident de la vie ? À le voir ainsi, la soixantaine passée, ce grand gaillard légèrement typé, aux cheveux à peine blanchis, personne ne pourrait se douter de la fragilité qu'il cache au fond de lui.

Face à un destin qui lui était défavorable, il a fait preuve d'une énergie incroyable pour surmonter sa condition d'orphelin, sa maladie et son métissage.

Il s'est forgé un caractère de lion, de prédateur, n'a pas pu ou voulu avoir de vie de couple, ni d'enfant. Sa vie a été un combat contre tout et contre lui-même.

Aujourd'hui, il est presque prêt à rendre les armes, après son dernier combat.

Combat qu'il va mener avec lui-même, mais il sait déjà qu'elle en sera l'issue.

Ils ont dîné à la vietnamienne, sur une petite table basse installée sur le trottoir, au nord du lac. Quelques bières de plus ont arrosé le repas frugal. Elles ont surtout permis à Philippe de se confier, de se libérer de ses doutes, de se raconter enfin. À moitié plié sur sa chaise, il s'est lancé dans un long monologue, ses bras faisant de temps à autre des gestes désordonnés.

Douleur d'une enfance triste, souvent laissé pour compte dans les familles d'accueil où il était placé, souffre-douleur des autres enfants. Il a commencé à être considéré et recevoir de l'affection chez ses parents « adoptifs », à Saint-Pierre de Bailleul.

A 14 ans passés, lui qui s'était construit seul, ne savait pas quoi faire de cet amour qu'on lui offrait. Il se demandait quel piège était tendu derrière ces marques d'affection qu'on lui prodiguait. Il rejetait cette générosité du cœur donnée par ce couple qui l'acceptait tel qu'il était, ce qui provoquait des crises de colère non maîtrisées de sa part. Il lui a fallu du temps pour se laisser apprivoiser, comprendre que les relations pouvaient être différentes dans cette famille. Il a fallu toute la générosité et l'amour de ce couple déjà âgé, pour lui permettre petit à petit de se reconstruire en partie.

Durant cette enfance douloureuse, ce qui l'a sauvé, c'est sa soif d'apprendre. Il était curieux de tout, dévorait livres, vieux journaux, romans-photos qui traînaient. Il était le meilleur élève dans toutes les écoles qu'il avait fréquentées.

Plus tard, il n'est jamais parvenu à construire une relation durable avec une femme. Manque de confiance en lui, peur que tout s'arrête. Il préférait les quitter rapidement avant de trop s'engager. Avoir un enfant, c'était tout simplement impossible pour lui.

La disparition de Georges, puis de Jeanne, ses parents de substitution, à quelques mois d'intervalle, furent les dernières grosses épreuves auxquelles il dût faire face.

Pour compenser ce mal être permanent, seul son travail l'a sauvé. Sa qualité de « tueur » lui a permis de décrocher de nombreux contrats importants à travers l'Asie et ailleurs. Impitoyable, Philippe a usé de tous les coups pour parvenir à ses fins, comme dans un jeu, mais il n'y avait rien de virtuel dans ce qu'il faisait.

Il ne s'est tu que lorsqu'il s'est redressé sur sa chaise, épuisé.

Il l'a regardé droit dans les yeux, plongeant son regard dans le sien. Juste un regard d'homme fatigué mais apaisé, que la colère et la rage avaient quitté.

En le quittant, avec un rire quelque peu démoniaque, Philippe le serre dans ses bras, lui annonce qu'à la fin de l'année, il n'aurait plus d'autre mission que le Vietnam ! De quoi meubler cette retraite qu'il appréhendait. Promesse de se revoir, de se donner des nouvelles, ils se séparent rapidement. L'un comme l'autre n'aiment pas les adieux. Philippe s'est enfoncé dans Hanoï, se fondant dans la foule, devenant l'un d'eux pour un moment.

Cette rencontre, ne le laisse pas indemne. S'il a peu parlé, écouté son ami, l'accompagnant sur ce chemin invisible vers la connaissance de soi, cela a ravivé en lui certains souvenirs. Dans Philippe, il a vu son double.

D'où sont-ils vraiment ? Où peuvent-ils poser leurs valises pour trouver la paix ? Le Vietnam est-il un leurre qui les aveugle ?

Malgré son esprit quelque peu embué, il regagne son hôtel, la tête pleine d'interrogations quant à son devenir.

Hanoï, jour 2

Il a peiné à s'endormir, trop de bières ont coulé. Il ne boit jamais autant et la soirée avec Philippe a laissé des traces qui n'ont quitté son esprit que tard dans la nuit.

Bientôt 9 h.

Il file sous la douche et descend pour le petit déjeuner. Un couple de Français est là. Par politesse, il échange quelques banalités avec eux et s'enferme dans sa bulle.

Dans sa chambre, il consulte sa messagerie pour y trouver un message de May Phuong lui suggérant d'aller voir une galerie dans le quartier du lac Ouest, là où vivent de nombreux expatriés travaillant à Hanoï. Cette nouvelle galerie semble proposer régulièrement des expositions photographiques, cela pourrait l'intéresser.

Il note l'adresse sur son téléphone, il ira la visiter. Un rapide coup d'œil sur le net et il trouve le renseignement voulu : ouverture à 10 h.

Elle se situe dans le quartier Quang An, près du centre commercial Syrena, assez loin de son hôtel. Il demandera à la réception de lui trouver une moto-taxi.

À 10 h, la circulation est moins dense, et il ne lui faut guère plus d'un quart d'heure pour parvenir à destination.

La galerie se trouve au rez-de-chaussée d'un immeuble moderne. L'espace est spacieux et bien aménagé. L'éclairage savamment étudié met en valeur l'exposition présentée.

Il joue au visiteur, saluant d'un signe de tête les deux ou trois personnes faisant partie du staff. L'exposition ne correspond pas au genre qu'il apprécie. De grands tirages consacrés à un style de photographie urbaine où tout est flou, où les couleurs sont excessivement saturées. Le tarif des tirages n'est pas très élevé, moins de cinq cents dollars tout au plus.

Il consulte les catalogues des expositions précédentes. Peu d'entre elles correspondent à son approche photographique. Il s'agit surtout de photos conceptuelles ou « tendances ». Il s'approche de l'accueil et se rend compte que l'une des hôtesses porte un badge indiquant qu'elle parle français.

Il lui demande divers renseignements sur les conditions d'exposition, la rémunération ou pourcentage prélevé sur la vente des tirages, si des photos d'un autre genre peuvent être exposées dans ce lieu ou s'il y a une ligne artistique stricte. Dans un français quasi parfait, la jeune fille l'informe que tout est possible, la galerie est ouverte à tout genre photographique car ce marché est naissant à Hanoï et devient très tendance.

En quittant le lieu, il se dit que ce serait peut-être intéressant de leur proposer un projet, il va y réfléchir. Sa moto et son chauffeur l'attendent comme convenu à deux pas de là, à l'ombre d'un flamboyant.

De retour en ville, il se fait déposer près du lac Hoan Kiem et va s'asseoir à l'ombre au bord de l'eau. Il a besoin de réfléchir.

Trop d'idées, de pensées, ont pris possession de lui depuis hier soir. Le doute a de nouveau surgi et l'envahit.

Cela fait maintenant plus de deux mois et demi qu'il est au Vietnam.

Beaucoup de choses ont changé en lui, mais il n'est pas dupe. Son métissage sera toujours présent. Il n'est pas comme May Phuong que tout le monde considère comme vietnamienne et que seuls son accent et sa maîtrise de la langue trahissent à peine.

Pour autant, il ne subit pas de rejet où qu'il aille, même quand il révèle qu'il est français :

« *Tôi là người Pháp* ». Chacun s'empresse de lui venir en aide et s'il se risque à prononcer quelques mots en vietnamien, les gens le corrigent aimablement, le faisant répéter jusqu'à ce que sa prononciation soit correcte.

Si tout semble bien se passer depuis qu'il est ici, il y a toujours comme un avertissement permanent dans sa tête qui l'incite à demeurer prudent.

Le chemin qu'il a pris est tortueux, difficile. C'est une remise en cause totale qu'il effectue. Il pensait avoir fait le plus difficile, mais il ne doit pas se laisser aller et doit demeurer vigilant, rien n'est encore acquis.

De retour dans sa chambre, il s'installe devant son ordinateur.

Deux messages l'attendent.

Le premier de Philippe, un seul mot qui en dit long : « Merci ! », le second de Tien, un ami vietnamien francophone qu'il a prévenu de sa venue à Hanoï. Ce dernier lui propose de passer le prendre en fin de journée pour photographier la rue du train. C'est avec plaisir qu'il lui répond. Il l'attendra à la réception de l'hôtel vers 17 h.

Il a quelques heures devant lui.

Il hésite à sortir, se ravise et consulte son carnet de notes. Ce n'est pas vraiment un journal, il y inscrit des idées, des réflexions, des résumés concernant un fait de voyage, une rencontre, de bonnes adresses, des infos pratiques. Il commence à y résumer sa rencontre de la veille avec Philippe. Le crayon noircit rapidement une page puis demeure en suspension…

Son histoire l'a touché plus qu'il ne le pensait.

Il écrit encore quelques lignes puis referme le carnet, songeur. Son ordinateur resté allumé semble lui faire signe.

Il commence à taper un message pour May Phuong.

Il lui décrit sa visite à la galerie, lui donne ses impressions et souhaiterait en retour son avis. Il ne se sent pas encore prêt pour assumer un tel projet qui lui demandera beaucoup d'énergie. Pourrait-elle voir la faisabilité d'une expo à Hanoï et éventuellement assurer sa mise en œuvre.

Il aimerait bien la revoir…

Il n'arrive toujours pas à nommer ce lien qui les unit si fortement. Ce n'est pas un amour platonique. C'est autre chose qui les rend complices, un mélange de relations diverses comme : frère et sœur ou père et fille, mêlée à la complicité que peuvent avoir deux amis ou celle de deux amants, il ne sait pas très bien. Ce dont il est certain, c'est qu'il a le sentiment qu'ils seront unis à jamais.

L'heure est venue de rejoindre Tien.

Il descend l'attendre au rez-de-chaussée de l'hôtel. Son attente est de courte durée. Ils ne se sont pas vus depuis longtemps, leurs retrouvailles sont chaleureuses. Tien, travaille comme interprète. Il connaît Hanoï comme personne et a de nombreuses relations dans toute la ville.

Ils se sont rencontrés par hasard, dans cet hôtel, il y a deux ou trois ans.

Il demandait un renseignement à l'accueil, dans son anglais médiocre. Tien en discussion avec une jeune femme, était venu à son secours en traduisant en vietnamien ce qu'il demandait.

Pour le remercier, ils étaient allés prendre un verre dans un des nombreux bars du quartier. Ils avaient échangé leurs coordonnées, et chaque fois qu'il est de passage à Hanoï, il prévient Tien de sa présence.

Tien est venu à moto, il monte derrière lui et ils partent à travers la ville. À cette heure, la circulation est dense. Il faut toute la dextérité de Tien pour se faufiler entre les voitures et motos dont les conducteurs ignorent allègrement l'usage des feux clignotants pour changer de direction.

Le trajet n'est pas très long, juste une quinzaine de minutes.

Le temps de se garer et les voilà sur leur terrain de chasse photographique. L'endroit est surprenant, les trains passent entre les maisons. C'est depuis peu que cette portion de la voie ferrée s'est transformée. Elle est devenue l'incontournable « rue du train ».

Chaque maison abrite un bar, un restaurant, une boutique. Les touristes y viennent pour frissonner au passage des trains qui les frôlent à quelques centimètres du visage. Il se dit que le lieu a perdu de son âme. Heureusement, ce n'est qu'une petite portion de la ligne qui a ainsi été transformée en parc d'attractions. Après une bonne heure à faire quelques photos et boire un jus de fruits, le train attendu est en vue. Tout le monde s'agite. Les appareils photo sont prêts à immortaliser ce moment unique !

Ils quittent l'endroit peu après pour aller dîner non loin de son hôtel. Ils passent un bon moment à discuter de tout et de rien. Tien reste discret, il ne lui pose jamais de questions personnelles. Il confie à Tien qu'il est au Vietnam depuis quelque temps et a posé ses valises à Dong Hoi pour un temps indéterminé. Il est venu à Hanoï pour rencontrer un ami venu de France.

La soirée est moins éprouvante que celle de la veille, cela lui fait du bien de parler de choses légères. Pourtant en rentrant à l'hôtel, quelque chose le préoccupe. Il n'en connaît pas la raison, cela l'agace. Il a beau chercher, en vain. Cette idée fixe pourrait bien lui gâcher la soirée. Tout d'un coup, il se souvient de ce qu'il a dit à Tien :

« Je suis là pour un temps indéterminé. »

Dans sa chambre, il repense à ces quelques mots lâchés inconsciemment.

Il n'avait pas encore envisagé cette possibilité de façon si concrète. Mais dans son esprit, cela a mûri au point qu'il en ait parlé comme si c'était une évidence.

Perturbé par cette pensée, il sent la panique s'emparer de lui.

Sans réfléchir, il ouvre sa valise et commence à ranger tous ses effets à l'intérieur.

Il prendra le train du retour pour Dong Hoi le lendemain matin à 9 h.

Fuir Hanoï et se retrouver…

4

Vung Tau

Peu de temps après son escapade à Hanoï, May Phuong l'avait contacté. Elle avait choisi une centaine de ses photos : « Es-tu partant pour cette expo ? » Encore perturbé par ce qu'il avait dit à son ami Tien, il avait accepté sans trop réfléchir.

C'est ainsi qu'en peu de temps, le projet avait pris corps.

Fin août, il est allé rejoindre May Phuong à Saïgon pour finaliser l'exposition : visite de l'espace, muséographie des photos, dernières retouches pour les affiches et les cartons d'invitation.

Il a pris l'avion, le vendredi en début d'après-midi, le trajet en train étant trop long. Elle l'attend à l'aéroport. Ils ne se sont pas revus depuis son séjour à Dong Hoi. L'idée de la revoir le rend un peu nerveux.

Dans le hall d'arrivée, il ne voit qu'elle, sublime !

Tee-shirt blanc et short bleu, tongs aux pieds, elle lui fait de grands signes, tout sourire. Dès qu'il la rejoint, elle se jette dans ses bras, l'enlace et l'embrasse dans le cou avec fougue. Il s'enivre un instant de son parfum, toujours le même, avec une fragrance de vanille.

Un peu gauche, il l'embrasse sur la joue tout en l'écartant de lui doucement et prend sa valise d'une main. Elle glisse la sienne dans sa main libre et l'entraîne au-dehors pour prendre un taxi. Elle donne un ordre bref au chauffeur.

Ils iront chez elle, dans le district 3, elle a assez de place pour l'héberger.

L'immeuble, récent, est situé dans une petite rue donnant sur Vo Van Tan. Son appartement est au deuxième étage, avec ascenseur. Ce dernier est régulièrement en panne lui dit-elle. Aujourd'hui ils ont de la chance, il fonctionne. Elle ouvre la porte et l'invite à rentrer. Il embrasse la pièce d'un regard curieux. Une grande pièce de vie lumineuse intègre un coin-cuisine aménagé à l'américaine et au fond à gauche, une porte fermée doit conduire aux chambres. Deux grandes baies laissent entrer la lumière. Murs blancs et quelques meubles de bois clair, un canapé confortable de couleur fauve, une petite table basse en bambou, meublent la pièce.

Il se déchausse et range ses chaussures sur l'étagère près de la porte. Laissant sa valise et son sac, il s'avance. Elle l'observe, malicieuse, et lui propose un jus de fruits. Mangue, elle n'a que cela. Elle revient avec deux verres pleins et l'invite à s'asseoir près d'elle sur la banquette. Prudent, il s'assied à distance d'elle.

May Phuong, survoltée, lui parle de l'expo à venir. Les tirages seront réalisés par le meilleur laboratoire de la ville. Elle lui énumère les noms et fonctions d'une vingtaine de personnes importantes qui lui ont assuré leur venue pour le vernissage.

Elle va trop vite, il n'a plus l'habitude d'enregistrer autant d'informations simultanées, il ne parvient pas à la suivre.

Elle s'en rend compte, se lève, le prend par la main et le conduit vers la porte fermée qui s'ouvre sur la suite de son appartement. De part et d'autre de la salle de bain, deux chambres, celle de droite est la sienne. Il occupera celle de gauche.

Le voilà rassuré, ils n'auront pas à partager la même chambre. Ce qu'il redoutait.

Le mobilier est identique dans chacune des chambres, seule différence : un ordinateur et quelques vêtements jetés sur le lit, dans celle de May Phuong. Elle le regarde en souriant, rien n'est à elle. L'appartement est loué meublé.

Il va chercher ses bagages et prend possession de la chambre qui lui est attribuée. L'appartement est bien climatisé, malgré tout, il tire les rideaux pour diminuer l'impact du soleil qui cogne sur les vitres et se retrouve dans la pénombre.

Un léger coup est frappé contre sa porte qui s'ouvre :

« Es-tu bien installé ? »

Curieuse, May Phuong jette un rapide coup d'œil aussi précis qu'un scanner.

« En forme pour visiter la galerie ? » lui lance-t-elle.

Pas de problème, ils peuvent s'y rendre d'ici 10 min, le temps pour lui de se rafraîchir et de se changer.

Ils prennent un taxi, la circulation est loin d'être fluide mais les conducteurs sont plus disciplinés qu'à Hanoï. Dans l'ensemble, ils respectent le Code de la route.

Sur place, l'une des deux jeunes filles qui assurent la permanence les accueille. Le local en L très vaste l'impressionne. Sur les cimaises, une exposition, d'un collectif de photographes spécialistes des collages, est accrochée. Il est insensible à ce type d'images, mais les pastilles rouges collées sur les cadres signalent que plusieurs ont été vendues.

Il fait le tour de la galerie pour estimer le nombre de photos qu'il pourra y accrocher. Au moins une cinquantaine. Il monte à l'étage, celui-ci est moins spacieux, une des extrémités du L est moins profonde. L'espace a été divisé pour pouvoir constituer une réserve et y installer les sanitaires.

Il rejoint May Phuong au rez-de-chaussée, il est emballé par le lieu. Il ne le pensait pas si grand. De la rue, la vitrine n'est pas très large, mais comme souvent au Vietnam, les immeubles sont en longueur et peuvent s'élargir à l'arrière, comme ici.

Elle le gratifie d'un sourire et s'esquive pour accueillir quelques personnes qui viennent d'entrer, suivie comme son ombre par l'hôtesse d'accueil qui se tient prête à assurer la traduction si nécessaire. Mais ce sont des anglophones et May Phuong parle couramment l'anglais. De là où il est, il l'observe et s'amuse de voir comment elle maîtrise tout. Les visiteurs sont comme hypnotisés par la maîtresse des lieux. Après leur avoir donné les renseignements voulus, elle le rejoint et ils se rendent à l'étage pour une brève réunion de travail.

Il pense pouvoir mettre en place une cinquantaine de photos.

« Non, 60 ! J'ai fait une simulation d'après les dimensions prévues de tes tirages », lui répond-elle enjouée. « Peut-on commencer demain la préparation de l'expo ? », lui demande-t-il.

Elle le laisse quelques instants dans l'expectative avant de lui annoncer de son accent pointu que ce n'est pas prévu.

Ils partiront passer le week-end à Vung Tau.

Cette annonce le laisse interdit.

Pourquoi aller là-bas ?

Ce séjour lui permettra de se détendre. Elle souhaite qu'il soit en forme, les journées à venir s'annoncent chargées. Il est invité par la galerie, privilège des artistes.

Il secoue la tête, puis lâche un petit rire.

Il ne peut lui dire non. Qu'a-t-elle en tête ?

Vung Tau, lointain souvenir…

Il y a passé quelques heures en 1989.

Il ne reconnaît ni la ville ni le front de mer quand ils longent la côte pour rejoindre leur hôtel situé au nord de la ville, juste après le golf. Isolé de l'agitation des complexes luxueux et des commerces, tapi entre les derniers palmiers que le béton n'a pas encore remplacés, le Sun Beach est comme un refuge.

Après s'être installés dans leurs chambres, ils partent en balade le long de la plage.

Ils se sont éloignés d'un bon kilomètre de l'hôtel pour être certains d'être tranquilles. Ils ont la plage pour eux seuls et en profitent pour se baigner. Sur le chemin du retour, brusquement, le vent se lève. Les nuages arrivent au galop et avec eux, la pluie, chaude, violente dont chaque goutte provoque un impact douloureux sur la peau.

Au lieu de s'abriter avec lui sous les arbres, après un bref instant d'hésitation, May Phuong se précipite en courant vers la mer. Arrachant sa chemise trempée ainsi que les deux pièces de son maillot de bain, les bras en croix, elle offre son corps à la pluie, seule au monde.

Figé sur le sable, debout, ruisselant, il ne peut détacher son regard du corps nu de May Phuong, sans comprendre ce qui se passe. C'est comme s'il regardait un vieux film, le rideau de pluie fait comme un écran qui déforme la réalité, donnant à la scène qui se déroule un peu plus loin, un aspect irréel. Maintenant, elle tourne sur elle-même, bras levés, poings fermés, riant d'un rire fou, hurlant de toutes ses forces, comme une damnée. Belle d'une beauté sauvage qui le fascine, il ne reconnaît plus son amie qui entame une danse étrange tout en continuant de crier dans le vent des mots incompréhensibles.

Soudain, elle s'écroule brusquement sur le sable, inerte.

Le temps qu'il la rejoigne, elle s'est déjà relevée, le regard hagard, perdue. Ramassant ses vêtements trempés et maculés de sable d'un geste automatique, elle le rejoint, s'arrête tout contre lui, lève son visage vers le sien. Ses yeux sont un océan de larmes silencieuses. Il lui ceint la taille de l'une des deux serviettes trempées qu'il tient à la main, lui met la seconde sur les épaules dont elle croise les pans sur ses seins. La prenant par l'épaule, sans mot dire, sous le ciel en furie, ils regagnent l'hôtel.

C'est la deuxième fois qu'il perçoit une faille dans la personnalité de May Phuong. Après s'être douché rapidement, il enfile un caleçon et par la porte ouverte qui communique entre leurs chambres, il l'appelle. Pas de réponse, l'eau coule dans la douche. Il s'approche de la salle de bain, renouvelle son appel. Rien à part le bruit de l'eau. Il la trouve nue, recroquevillée sous le jet, la tête entre les mains. Elle sanglote en silence.

Il ferme le robinet, la saisit sous les bras et la force à se relever. Elle se blottit contre lui, l'enserre de toutes ses forces. Le corps nu de May Phuong le trempe à nouveau. Peau contre peau, il ressent ses sanglots, sa respiration qui peu à peu devient régulière. Elle se calme. Il prend le drap de bain plié sur l'étagère en enveloppe son amie. Elle grelotte malgré la chaleur de la salle de bain. Dans la chambre, il ouvre le lit, et l'aide à s'y allonger. Nue, elle se glisse entre les draps. Le regard vide, épuisée, elle ne pleure plus. Il va rejoindre sa chambre quand elle lui demande de rester, de se coucher près d'elle.

Interdit, il reste planté au milieu de la pièce. Elle insiste, l'appelle.

Hésitant, il s'allonge sur le lit. May Phuong vient tout contre lui, passe un bras sur son torse pour l'attirer davantage contre elle. Ils restent ainsi sans bouger, silencieux.

Les aiguilles tournent.

À travers le drap qui les sépare, il sent la chaleur de son corps, la fermeté de ses seins, puis ses lèvres sur sa joue. Dans la pénombre de la chambre, elle lui chuchote à l'oreille un secret douloureux qu'elle avait enfoui depuis de longues années, qu'elle s'efforçait d'oublier.

Une confession à peine audible.

Dernière année de ses études, elle rentre chez elle, au campus de Bissy, près de Labège dans la banlieue toulousaine. Un étudiant qui loge sur le même campus l'accompagne. Ils reviennent d'une soirée organisée pour fêter la fin de l'année universitaire. Soirée arrosée. À l'heure où ils rentrent, c'est presque le lever du jour. Mi-juin, le temps est orageux. La pluie tombe, drue. Ils se mettent à l'abri sous un bosquet d'arbres. Là, tout d'un coup, comme pris de folie, il la force à l'embrasser, l'enserrant fermement dans ses bras pour l'empêcher de s'enfuir. Elle tente de résister. Il la jette au sol en lui disant qu'il va se la faire. La gifle plusieurs fois pour qu'elle se taise, lui serre le cou comme pour l'étrangler.

Terrorisée, elle ne résiste pas de peur qu'il lui fasse pire. Sous la pluie, il lui arrache ses vêtements et la viole. Ensuite, en lui tirant la tête par les cheveux, il la menace de représailles si jamais elle porte plainte. Elle n'est qu'une pute !

Honteuse, désemparée, elle n'ose appeler la police.

Rentrée au campus, elle se réfugie dans sa chambre.

Elle culpabilise. Pourquoi est-elle revenue avec ce type ? Elle le connaissait à peine. Impossible pour elle de se confier, même à ses parents.

Ce traumatisme vieux d'une bonne dizaine d'années est en elle comme un monstre endormi.

Cet après-midi, sur la plage, elle ne sait pas pourquoi, la pluie a réveillé cet épisode douloureux. Comme prise de folie, possédée, elle a voulu se laver, se purifier une fois pour toutes de cette souillure, l'expulser de son corps.

Il est le seul à savoir.

Elle se tait, se recroqueville plus près de lui.

Pétrifié par cette confidence, l'esprit troublé, il reste désemparé et ne sait que faire ni que dire pour la réconforter. Allongés côte à côte, chacun s'enferme dans sa bulle pour s'apaiser, mais pour lui, c'est chose vaine.

Cette confession, dont il est le dépositaire, fait naître un maelström dans sa tête.

Un souvenir lointain encore indistinct s'extirpe du fond de sa mémoire, une ombre noire se dessine peu à peu faisant renaître une terreur oubliée… Sa tête va exploser, son corps se raidit, des spasmes l'agitent.

May Phuong sent le tumulte qui le gagne. Elle caresse son visage, commence à le couvrir de baisers. Il se saisit de sa main, la serre, s'y accroche comme à une bouée. La porte à ses lèvres, l'embrasse, se concentre sur elle et au prix d'un effort qui l'épuise, ne laisse pas le souvenir prendre forme. La douleur est terrible, mais au prix d'un ultime effort, la porte se referme à jamais sur l'hydre qui le menaçait.

Côte à côte, ils sont comme deux naufragés que la mer a rejetés.

Lentement, May Phuong se redresse, l'observe en silence. Ses yeux l'interrogent. Dans son regard, elle devine l'épreuve lointaine. Ses lèvres se posent sur les siennes en un tendre et long baiser, pour aider à oublier et ne pas se sentir seul, l'un comme l'autre.

Enlacés, ils restent ainsi longtemps séparés par le drap, frontière fragile entre leurs corps. Lui se calme peu à peu, la chaleur de May Phuong l'envahit comme un baume apaisant. Elle, somnole, poussant de temps à autre de petits gémissements, comme un enfant au sommeil agité.

Leurs corps se font plus légers, les tempêtes intérieures se diluent dans les méandres du temps. Le sommeil les emporte.

Elle se tient tout contre lui, le rattrape quand il essaie de se lever. Encore ensommeillée, elle relâche son étreinte. Il lui dépose un baiser sur le front et regagne sa chambre en laissant la porte de communication ouverte.

Bientôt 22 heures.

Il s'habille, quand elle apparaît, nue, dans l'encadrement de la porte. Sourire timide aux lèvres, les stigmates de la douleur encore visibles sur son visage, elle lui chuchote : « j'ai faim. » Elle s'approche, lui caresse le visage, question muette, à laquelle il répond d'un signe de tête. Tout va bien. Elle rejoint sa chambre, s'arrête sur le seuil, le regarde tendrement. « Merci », lui dit-elle d'une voix faible.

Malgré l'heure tardive, ils peuvent se restaurer à l'hôtel.

Un dîner sans saveur, sans paroles, juste pour calmer la faim et reprendre quelques forces.

Ils regagnent rapidement leurs chambres, la porte de communication entrouverte. Dans son lit, incapable de trouver le sommeil, il repense à ce qui s'est passé, à la révélation douloureuse de May Phuong.

Sa façon d'être, de se comporter presque comme une adolescente, alors qu'elle a 32 ans, le troublait jusqu'à ce jour. Il ne parvenait pas à la cerner. Inconsciemment, elle était restée la jeune fille qu'elle était au moment du drame, un peu immature, insouciante, impulsive parfois.

Les années ont passé. Au gré des situations, des événements, du stress vécu ou subit, la jeune femme se dédouble. La jeune étudiante capricieuse et insolente prend alors le dessus.

Il s'est presque endormi quand May Phuong se glisse sous les draps.

Il devine qu'elle a revêtu un long tee-shirt ou une chemise. Ne sachant que dire, que faire, il opte pour la solution la plus sage, il lui tourne le dos. Glissant une main sur son épaule, elle se love contre lui.

Les rayons du soleil qui se faufilent à travers les rideaux entrouverts les enveloppent d'une douce lumière dorée. Sa tête est nichée au creux de son épaule gauche, et lui l'entoure de son bras. Il attend qu'elle se réveille. Il n'a pas très bien dormi, elle l'a mis à dure épreuve.

Comment ne pas être enivré par ce corps jeune, aux formes parfaites. Il a dû se faire violence pour ne pas se laisser tenter par ses sens.

Elle se réveille, s'écarte de lui, sourire lumineux qui irradie et le remplit de bonheur. Elle se lève, tire sa chemise blanche qui était restée remontée à sa taille, dévoilant ses fesses aux formes pleines, à peine cachées par une petite culotte en coton, et regagne sa chambre.

Il se jette sous la douche, laisse ruisseler l'eau sur lui de longues minutes, enfile un caleçon, ouvre le réfrigérateur et se sert un verre de jus d'orange. Ils ont pris leur petit déjeuner sur la terrasse de l'hôtel.

Oublié l'orage de la veille, la mer est calme. La matinée s'écoule paisible.

Ils prennent un taxi pour visiter la ville. Le Christ blanc, sur sa colline grillée par le soleil, et dominant la mer, est une apparition quelque peu surréaliste. La ville, sans cachet, reconstruite presque entièrement après 1975, comme beaucoup d'autres au Vietnam, n'en finit pas de s'étirer en longueur avec de longues artères bordées de commerces en tout genre. Seuls les quelques bateaux de pêche ancrés devant la plage du centre-ville lui rappellent la Vung Tau entrevue il y a plus de trente ans.

Ils reviennent rapidement à leur hôtel, travaillent chacun de leur côté dans les confins du monde virtuel. Aucun d'eux ne reparle de ce qui s'est passé la veille ni de la nuit passée ensemble.

En fin de matinée, elle lui reparle de l'exposition et l'interroge. « Comment prévois-tu l'accrochage de tes photos, veux-tu quelque chose de particulier pour l'éclairage ? » Il lui fait entièrement confiance, il ne souhaite pas se préoccuper de cela d'autant plus qu'il ne compte pas s'éterniser à Hô Chi Minh-Ville. Il ne se sent pas bien dans cette ville. Il ne parvient pas à y trouver ses repères.

L'après-midi, peu de temps après avoir déjeuné, le taxi les ramène vers la mégapole.

Ils travaillent chacun dans leur chambre et ne se retrouvent que pour dîner, dans un petit restaurant en bas de chez elle.

Les jours suivants, il est fort occupé à la préparation des légendes de ses photos pour l'exposition et à mettre à jour sa biographie.

La scénographie de l'expo est un vrai casse-tête pour lui ! Heureusement, May Phuong possède un logiciel lui permettant de visualiser les différentes possibilités qu'il a imaginées sans avoir à mettre chaque photo en place. Cela lui permet de rester dans l'appartement pour travailler. Par commodité, il prend ses repas dans le restaurant où ils ont été en revenant de Vung Tau. Durant ces trois jours, ils se voient tardivement quand elle rentre de sa journée passée à la galerie.

Entre-temps, il a le loisir de repenser à ce qu'il a vécu au cours de ce week-end. Il cherche des renseignements sur le net et adresse un message à un ami avocat. Les réponses obtenues sont toutes les mêmes.

Si elle le désire, May Phuong peut encore porter plainte.

C'est à elle seule de le décider.

Vietnam, pays du cœur

Quelques semaines ont passé. Il est de retour à Saïgon.

La soirée du vernissage, à la galerie du Mékong, a attiré beaucoup de monde.

Il ne sait pas si ses photos plaisent aux Vietnamiens. Il y a peu de galeries d'art dans le pays. La photographie, pour la majorité des personnes, c'est avant tout les selfies. De nombreux Français sont présents, des expatriés pour une mission de quelques mois et d'autres installés depuis plusieurs années à Saïgon. Beaucoup sont venus pour se rencontrer, échanger les derniers potins concernant la communauté francophone. Le temps de la colonie a beau être révolu, certains comportements perdurent.

Il est étonné de la présence importante de Vietnamiens, des femmes ou hommes d'affaires, mais également des jeunes qui sont le Vietnam d'aujourd'hui. Les jeunes femmes portent des robes chics et moins sages que *l'áo dài,* leurs compagnons arborent des bijoux en or, témoignages de leur réussite. Des dizaines d'invités auxquels il a dû dire quelques mots en anglais, parfois en français, et les formules de politesse habituelles en vietnamien. Il ne connaît personne, ne se sent pas à l'aise. Heureusement, May Phuong et son amie Ly gèrent la situation.

May Phuong a remercié toute l'assemblée avant de le présenter.

En français, il a brièvement expliqué le thème de son exposition, sa démarche, la recherche de ses origines. Après chaque phrase, May Phuong traduisait en anglais et Ly poursuivait en vietnamien.

Soixante portraits et paysages du Vietnam sont exposés pour un mois sous le titre : *Vietnam, pays du cœur.*

À part quelques personnes sincères, beaucoup sont venues pour se montrer. La galerie du Mékong est un lieu « à la mode ». Certains, au bout de quelques instants, sont venus pour lui soutirer quelques renseignements pratiques du genre : « Je fais aussi des photos, mais comment faites-vous pour ne pas utiliser le flash ? » Ici ou ailleurs, les mêmes parasites viennent l'assaillir. D'un air bougon, ses réponses sont brèves, succinctes.

Il aimerait s'échapper, aller dehors, mais comme par hasard, le ciel est en pleurs. Un homme se tient devant lui et semble lui avoir posé une question.

« Je suis désolé, je n'ai pas bien compris… » Il s'agit d'un correspondant de presse français souhaitant plus de détails sur son travail au Vietnam, son parcours, renseignements nécessaires pour qu'il puisse écrire un article.

Il n'aime pas parler de lui. Ses photos doivent suffire. Il se plie malgré tout au jeu des questions-réponses. Fort heureusement, l'entretien ne s'éternise pas.

Du coin de l'œil, il remarque May Phuong qui ne les quitte pas des yeux. Elle a dû lui adresser ce journaliste.

Un jus de pamplemousse à la main, il délaisse les visiteurs et se rapproche de la sortie. La pluie tombe, drue, une grosse pluie tropicale. En quelques instants, il est trempé.

Il se réfugie à l'intérieur, les gouttes qui s'écrasent sur le trottoir le ramènent quelques instants à ce fameux week-end passé à Vung Tau.

Les premiers invités commencent à partir. Il les salue, un peu à la manière d'un automate. Une demi-heure après, la galerie est quasi déserte. May Phuong discute avec deux femmes de type européen. Ly est aux prises avec un Vietnamien d'un certain âge qui ne semble pas vouloir se séparer d'elle. Elle lui lance un clin d'œil pour l'appeler à son secours. Un léger sourire aux lèvres, il se dirige vers eux.

« This gentleman would like some information about the photos », lui lance Ly.

Il a compris le stratagème et entraîne l'homme, surpris, vers les photos les plus proches de la sortie. Il lui raconte un peu n'importe quoi dans son anglais hésitant. Cela suffit pour que l'homme s'en aille.

Ly et May Phuong sont aux anges, la soirée a été un vrai succès. Plusieurs de ses photos sont réservées, et le directeur d'un hôtel a pris rendez-vous pour le lendemain en prévision de l'achat d'une vingtaine de tirages. Il n'en revient pas.

May Phuong est ravie : « Veux-tu assister à ce rendez-vous ? »

« Non, surtout pas ! » Cette idée le panique. Ils ont signé un contrat, il a rempli sa part, il ne veut pas se soucier du reste. Plus tard, quand tout fut remis en ordre, avec Ly et les deux employées, ils fêtent ce succès dans un restaurant japonais près de la tour Bitexco.

De retour chez elle, il remercie May Phuong chaleureusement, il ne pensait pas que ses photos trouveraient un tel écho.

Elle n'est pas surprise : « Tes photos plaisent, elles ont une atmosphère particulière qui touche beaucoup de personnes ». Le lendemain, May Phuong part de bonne heure à la galerie et lui demande s'il veut bien la rejoindre pour déjeuner. Ce n'est pas une proposition, mais un ordre.

Surpris de ce ton péremptoire, il sourit. Qu'a-t-elle donc en tête ? Il profite de la matinée pour répondre à ses messages et mettre à jour son site web avec les photos du vernissage que May Phuong et lui ont faites au cours de la soirée.

Il la rejoint un peu avant midi. La chaleur couvre la ville d'une chape de plomb. Il a renoncé à s'y rendre à pied et a commandé une moto Grab (société qui a supplanté Uber au Vietnam).

Elle l'accueille avec une joie non dissimulée. Le directeur de l'hôtel a bien acheté vingt photos pour leurs salons de réception. C'est l'une des plus grosses ventes de la galerie depuis son ouverture. Elle lui propose d'aller déjeuner sur Nguyên Hué. Ils passeront prendre Ly au passage. L'euphorie de cette vente la rend plus belle encore, pense-t-il en la regardant prendre son sac à main. Moulée dans une robe légère au ton écru, chaussée de sandales noires, légèrement maquillée, sa chevelure tombant juste au-dessus de ses épaules, elle ne fait pas son âge. Elle est demeurée l'étudiante de 25 ans que le temps a, semble-t-il, figée.

La chaleur les enveloppe dès qu'ils sortent. Ils marchent lentement, à l'ombre. Finalement, elle téléphone à Ly pour lui donner rendez-vous directement au restaurant. Quand ils y parviennent, cette dernière est installée dans un coin tranquille de la salle. May Phuong prend place à côté de son amie, lui s'installe face aux deux femmes. Ly le congratule pour le succès de la soirée. « C'est un succès collectif », lui répond-il. Chacun d'eux trois a tenu son rôle pour la réussite de cet événement.

Ils se partagent deux salades, l'une de papaye verte et crevettes et l'autre de fleurs de bananier. Ils n'ont pas très faim, plutôt soif. Ly les quitte rapidement, elle a rendez-vous avec le commercial d'une nouvelle marque de vêtements qu'elle souhaite distribuer pour étoffer l'offre de sa boutique.

Seul avec May Phuong, une sorte de parenthèse inconfortable s'installe. Sourires sans paroles.

Il pressent que May Phuong veut lui demander quelque chose :

« Qu'y a-t-il ? Tu sembles préoccupée, que se passe-t-il ? »

Elle le regarde, sans sourire, une lueur panique au fond des yeux. Disparue l'euphorie de tout à l'heure. Elle inspire profondément :

« Veux-tu m'accompagner au musée des Beaux-Arts ? C'est là que se trouve l'une des maisons où ont travaillé mes grands-parents maternels avant leur départ pour la France ».

Elle est passée plusieurs fois devant le musée, se contentant de le regarder derrière les grilles depuis le trottoir, sans jamais avoir le courage d'y entrer.

Depuis, elle évite ce quartier. Par-dessus la table, il saisit les mains de son amie et l'assure de sa compagnie pour cette visite. Ils s'y rendront après les deux rendez-vous de l'après-midi. Rassurée, elle donne le signal du retour à la galerie. Plusieurs fois, en cours de route, May Phuong se rapproche de lui, la peau humide de leurs bras nus les unissant l'un à l'autre pour quelques instants. Leurs mains se frôlent, leurs doigts se caressent, se croisent furtivement, assez pour le troubler. Leur relation est de plus en plus hors norme, surtout après l'épisode de Vung Tau.

C'est la deuxième fois qu'elle l'héberge. Leur intimité est partagée, comme celle d'un couple, sans pudeur mais sans relation intime, juste des gestes tendres, complices. Une relation amoureuse avec May Phuong l'avait vaguement effleuré, mais leurs saisons sont trop éloignées l'une de l'autre. De son côté, May Phuong lui donne tour à tour le rôle du père, du frère, de l'ami, du confident, recherchant un amour impossible. Être aimée, s'aimer enfin, pour pouvoir s'accepter comme elle est, avec la lourde histoire de sa vie. Parvenus à la galerie, il la laisse à ses rendez-vous, monte à l'étage pour se plonger dans le monde numérique. Vers 16 h 30, May Phuong le rejoint, ses réunions sont terminées. Il n'a pas vu le temps passer. Il a mis à jour sa comptabilité, répondu aux messages en attente et prévenu ses amis de Dong Hoi qu'il rentrerait prochainement.

Musée des Beaux-Arts

Dehors, la chaleur humide est moins lourde, l'air plus respirable, une brise légère vient de la rivière Sai Gon. Elle lui prend le bras. Le musée des Beaux-Arts est proche. Ils y parviennent rapidement et s'arrêtent devant l'entrée. Elle se fige, esquisse un léger mouvement de recul, lui lance un regard désemparé. Il lui prend la main. Elle se laisse mener mais elle marche comme un automate. Sa respiration s'accélère, elle lui broie la main à lui faire mal. Il prend les billets au guichet et c'est seulement au moment où ils se dirigent vers les bâtiments du musée qu'elle desserre son étreinte.

Les collections sont réparties dans trois villas qui constituent le musée. Ils sont au pied des marches qui mènent à l'entrée de la villa principale de style colonial, mélangeant subtilement les influences françaises et asiatiques. Deux escaliers mènent à un perron central. La porte d'entrée, ouverte, invite le visiteur.

May Phuong, le regard fixe, reste figée. Il la prend par l'épaule, lui demande à voix basse si elle se sent prête à entrer tout en lui imprimant une légère pression du bout des doigts. Elle hésite un instant, le temps de surmonter son appréhension et gravit enfin les marches. L'effort est difficile.

Sur le seuil de la maison, elle marque un bref temps d'arrêt pour prendre la mesure des lieux, puis se détache de lui et s'avance. Elle examine la pièce centrale du rez-de-chaussée, scrute tous les recoins, s'attarde sur tous les détails de décoration. Doucement, il s'approche d'elle, lui murmure un encouragement tout en l'incitant à prendre son temps. Elle se retourne, souriant comme une enfant qui vient de recevoir un cadeau. Elle le remercie d'un baiser sur la joue et part à la découverte de la maison où avaient travaillé ses grands-parents.

Il aime ce musée, il y est déjà venu.

Il n'apprécie pas toutes les collections, mais l'ensemble aide à comprendre et appréhender la culture et l'histoire du pays. La villa principale est magnifique, l'architecture art déco le fascine. Il revient plusieurs fois dans certaines pièces ou dans la cour pour découvrir des détails qui lui ont échappé à la première visite. De temps à autre, il aperçoit May Phuong, très concentrée dans la découverte des lieux, photographiant avec son portable, examinant chaque détail, même les plus infimes. Au premier étage, près de l'escalier en fer forgé, concentrée sur un vitrail, un clair-obscur sublime la finesse de ses traits et la douceur de son visage. Le tableau est sublime. En deux clics, il l'immortalise. Les picotements qui courent le long de sa colonne vertébrale, les palpitations de son cœur qui s'accélèrent, l'impression d'être vidé de toute énergie sont les signes qu'il ressent les rares fois où il a réalisé un cliché unique. L'air lui manque, il sort, épuisé.

Assis à l'ombre d'un flamboyant depuis plus de trois quarts d'heure, il se demande ce que May Phuong peut ressentir, comment vit-elle cette visite ? A-t-elle pu trouver un indice la reliant à l'histoire de ses grands-parents ?

Lui n'a pas la chance d'avoir un lieu qui le rattache à sa famille paternelle.

Il ne sait même pas où se trouve la tombe de son grand-père. Il ne peut qu'imaginer, quand il va à Hué, que son grand-père traversait la rivière des Parfums pour se rendre à la citadelle, que son père s'amusait dans les rizières qui entouraient la ville ou qu'il courrait avec ses copains à travers les forêts qui chevauchent les collines.

Imaginer, rien d'autre…

Il n'a aucune attache pour pouvoir dire qu'il est d'ici…

Elle arrive, sans bruit, le tire de ses pensées d'un baiser dans le cou. Surpris il se lève d'un bond, l'observe. Son visage rayonne de bonheur.

Il veut la questionner.

À peine entrouvre-t-il la bouche, qu'elle pose un doigt sur ses lèvres. Elle le prend par la main. Ils quittent l'enceinte du musée. La lumière faiblit, la nuit tombe sur la ville. Ils marchent en silence, ne prêtent pas attention au brouhaha de la circulation, aux sonos des commerces déversant leurs flots de décibels, aux autres piétons sur le trottoir. Ils traversent des carrefours sans trop savoir comment.

Elle reste dans sa bulle, il la sait heureuse, rien d'autre ne compte. Ses pas les guident au parc situé entre le palais de la Réunification et la cathédrale Notre-Dame. Ils profitent d'un banc à l'abri des lampadaires qui éclairent le carrefour. Là, elle lui dit son émotion ressentie au cours dc la visitc du muséc. D'avoir enfin osé en franchir le seuil.

À l'époque, le personnel de maison était souvent logé sur place, non par bonté, maisparce qu'il était ainsi plus corvéable. Sans souvenirs transmis par ses grands-parents, elle n'a pu qu'imaginer, supposer, essayant de faire cohabiter les lieux avec le souvenir de rares photos. Sa mère se remémorait peu de choses de cette époque, à moins que l'évocation de cette période lui soit trop douloureuse. Elle n'a rien pu faire coïncider avec ces bribes du passé. Malgré tout, elle est satisfaite. Il lui était impossible de passer près du musée quand elle devait se rendre dans ce quartier. Maintenant, elle pourra passer à côté sans avoir cette boule au ventre.

Quel déchirement pour ses grands-parents d'être obligés de quitter leur pays pour la France, elle n'en doute pas, mais l'époque a changé.

Le Vietnam n'est plus le même.

Elle ne comprend pas ses parents qui semblent vouloir renier le Vietnam.

Le pays est apaisé, pour ceux qui ont fui, leurs descendants peuvent y revenir sans crainte. Beaucoup le font pour travailler, fonder une famille, ou profiter de leurs dernières années au soleil de leur enfance.

Dans la nuit électrique de la ville, ils rentrent chez elle, à pied. Ils dînent dans le restaurant où ils ont pris leurs habitudes puis regagnent chacun leur chambre.

Le sommeil tarde à s'inviter.

Ses pensées s'égarent de l'autre côté du globe.

Cela fait longtemps qu'il n'a pas eu de nouvelles de ses proches. Il a envoyé plusieurs messages à ses enfants, leurs réponses laconiques l'avaient peiné. Il pense à eux régulièrement, il ne leur en veut pas. Ils le jugent égoïste et n'acceptent pas sa séparation avec leur mère.

Ils n'ont pas compris qu'il ne peut tout simplement plus vivre comme il l'a fait auparavant sans se mettre en danger.

1. Il ne peut pas faire comme si rien n'avait changé.

Ce serait leur mentir ainsi qu'à lui-même.

Ce n'est pas possible.

5

Emménagement à Dong Hoi

Il reprend l'avion pour Dong Hoi deux jours plus tard.

Le lendemain de leur visite au musée, ils ont envisagé la possibilité d'exposer ses photos dans d'autres lieux. Il rappelle sa visite de la galerie au lac Ouest à Hanoï mais sans être certain que ce soit un lieu adéquat. Ce qu'elle confirme. Bien que l'emplacement soit agréable, la galerie est trop isolée, sans autre lieu culturel à proximité. Elle le tiendra informé si elle a des nouvelles positives à la suite des propositions qu'elle a faites auprès de personnes influentes. Ils se quittent à l'aéroport où elle tenait à l'accompagner.

Au moment de se séparer, il éprouve une sensation bizarre, comme s'il laissait avec elle une partie de lui-même.

Juste un léger baiser sur chaque joue et le voilà dans la zone d'embarquement.

Dans l'avion, par le hublot, il regarde le pays défiler sous l'avion.

Le souvenir de ce premier contact avec la terre de ses ancêtres demeure inaltérable.

Il se souvient :

« L'avion plongeait vers le sol, enveloppé d'un manteau de nuages quand soudain, la terre rouge, le vert des rizières, le méandre d'un fleuve et le scintillement des étangs lui ont sauté aux yeux. Il n'avait jamais vu un tel patchwork. Son cœur s'est serré. L'émotion s'est emparée de lui, a débordé en larmes abondantes, il allait bientôt fouler la terre de son père. Ce père devenu trop âgé et malade n'avait pu revenir chez lui. Ce voyage, il le faisait aussi pour lui. »

Retrouver ses amis Binh et Kien lui fait du bien. Hô-Chi-Minh-Ville est vraiment trop vaste pour lui. Contrairement à Hanoï, il n'y a pas ce charme dû au mélange de tradition, de modernité, qui fait cohabiter hier avec aujourd'hui. Brièvement, il leur fait part du succès de son exposition dont ils le félicitent avec chaleur.

Il les apprécie beaucoup, lui comme elles sont discrets, lui posent rarement de questions sur ce qu'il fait, sur ses projets. Ils sont complémentaires, se partagent les tâches du restaurant et de l'hôtel et s'organisent pour passer du temps avec leurs enfants. Ils représentent le portrait type de cette jeune génération de Vietnamiens qui a pris son avenir à bras le corps, sans se poser d'autre objectif que celui de travailler pour demain et d'améliorer le statut de leur famille.

Dans la chambre, entouré de ses objets familiers, il reprend ses marques, retrouve son cocon, ses habitudes. Cela l'interpelle. Il serait peut-être temps qu'il se trouve un vrai logement.

Depuis son arrivée, il a sauté sur la proposition de Binh et Kien, de demeurer dans leur hôtel. Il devrait passer à l'étape suivante.

Dès le lendemain, il leur explique qu'il serait temps pour lui de trouver un domicile, il se sent prêt pour cela. Peuvent-ils l'aider à trouver un appartement ou le mettre en contact avec un agent immobilier. Ses amis le comprennent, ils vont se renseigner auprès de leurs relations. Ils pensent particulièrement à une amie qui gère des locations de maisons ou d'appartements meublés.

Les choses vont vite au Vietnam.

Il ne faut pas parler sans réfléchir et être certain de ce que l'on souhaite quand on demande de l'aide. L'après-midi, il reçoit un texto de Binh qui lui demande de passer à la pizzeria. Leur amie sera là d'ici une demi-heure pour lui proposer un logement. Il regarde sa montre, 15 h 45. Il n'a rien d'autre à faire, il va y aller maintenant. Binh est radieuse, à l'aide de son traducteur, pour être certaine qu'il comprenne tout, elle lui confirme que leur amie veut lui faire visiter un petit appartement dans une maison toute proche.

Une jeune femme arrive, les salue rapidement, échange quelques mots avec Binh et les invite à l'accompagner.

Ce n'est pas bien loin de Red Peppers, juste deux rues à droite en quittant la pizzeria dans la direction du centre-ville. Ils s'arrêtent devant une maison récente de trois étages au n° 24 de Nguyên Duc Canh. Des arbres apportent de la fraîcheur sur la petite cour pavée de rouge. L'appartement se situe au deuxième étage. L'escalier à l'extérieur de la maison est protégé des voisins par un rideau de plantes aux petites fleurs mauves descendant du dernier étage. Sur le seuil il se déchausse, l'amie de Binh lui ouvre la porte et le laisse entrer pour qu'il visite les lieux.

Une large pièce au carrelage blanc recouvert d'un grand tapis beige donne sur la rue. Une grande baie s'ouvre sur une petite terrasse. Une table basse, quatre chaises, un canapé clair, un meuble à étagères constituent le mobilier. Le coin cuisine, aménagéavec plaques de cuisson et réfrigérateur, occupe le fond de la pièce. Sur la droite, un petit couloir donne accès à une grande chambre et à la salle de bains. Un grand lit occupe le centre de la chambre entre deux tables de nuit en bambou, devant la fenêtre, un bureau. Dans le mur opposé est encastré un grand placard. Les indispensables ventilateurs et la climatisation complètent l'équipement. Il visite chaque pièce avec attention puis s'adresse à Binh pour lui demander quelles sont les conditions de location. Le loyer est de 250 dollars par mois, avec fourniture des draps, des serviettes de toilette et ménage compris une fois par semaine. S'il est d'accord, le nécessaire sera fait par la propriétaire pour l'abonnement de l'électricité et de l'eau. Le loyer est payable d'avance.

Il inspecte les lieux une dernière fois et sourit à Binh :

« OK ! That's great ! »

Binh s'entretient avec son amie qui les invite à descendre boire le traditionnel thé glacé de bienvenue. Avec l'aide de Binh, il remplit et signe son bail, rien de bien compliqué. Il tend son passeport à la propriétaire pour qu'elle en fasse une copie pour le registre de police.

Elle le lui rend avec un trousseau de clés.

Il peut prendre possession des lieux immédiatement s'il le désire. Il hésite un peu en regardant Binh qui le rassure. Qu'il n'hésite pas, sa chambre d'hôtel trouvera preneur rapidement.

En revenant à l'hôtel, tout excité, il se dit que tout va vraiment très vite. C'est beaucoup moins compliqué qu'en France. Il a de la chance, car il aime beaucoup ce quartier de Dong Hoi aux rues étroites, ombragées et calmes. Kien l'attend avec un voisin. Ensemble, ils vont l'aider à déménager avec leurs motos.

Son déménagement – emménagement se fait en un temps record.

Ses valises déposées, il invite Kien et son ami à rejoindre Binh et la propriétaire de l'appartement, à Red Peppers, où il paie une tournée générale pour fêter l'événement.

La nuit est déjà bien avancée quand il rentre chez lui. Il apprécie de se retrouver avec tant d'espace. Il emporte ses valises dans la chambre, ouvre la rouge qui contient ses vêtements qu'il range dans le placard. Depuis la petite terrasse, il examine la rue. Tout est silencieux, juste quelques sons diffus de musique lui parviennent. La soirée est tiède, des nuées d'insectes s'agitent sous la lumière du lampadaire quelques mètres plus loin. Il rentre en prenant soin de bien fermer la porte avant d'allumer, afin de ne pas attirer les moustiques. Il jette un dernier regard dans le séjour, il faudra qu'il l'arrange un peu. L'ensemble est impersonnel. Après avoir pris sa douche, il se couche chez lui, au Vietnam.

Le lendemain, l'aménagement de l'appartement l'occupe toute la journée.

Ranger ses livres et son matériel photo n'a pris que peu de temps. Ensuite, il a voulu acheter quelques objets à son goût pour compléter l'ameublement intérieur et faire des provisions. Une lampe de bureau, un tapis pour la chambre, un autre plus gai pour le séjour, une théière, des produits d'entretien, un peu de riz, d'épices, du sel, de l'huile, de l'eau et quelques bières l'ont obligé à s'aventurer là où il n'était passé que quelques fois.

Il a dû faire plusieurs magasins, dans différents quartiers de Dong Hoi pour trouver ce qu'il souhaitait. Contrairement à la France, les centres commerciaux n'offrent pas un large choix de magasins, sauf dans les grandes villes. Il n'a pas osé retourner à l'hôtel pour emprunter une moto, il a beaucoup marché et pris des taxis.

De retour chez lui, exténué de fatigue et par la chaleur, il se jette sous la douche, etprend un repos mérité. En fin de journée, tout ce qu'il avait acheté est livré.

Thi Châu, la propriétaire, habite l'appartement du premier. Ses parents occupent le rez-de-chaussée. Le troisième étage est composé d'une grande terrasse semi-couverte qui sert à la fois de séchoir pour le linge et d'espace de repos. Ses parents s'occupent de l'entretien de l'ensemble. Sa mère viendra faire le ménage chez lui, il peut aussi lui confier son linge à laver moyennant quelques dongs.

Pour cette première journée, il a choisi de dîner sur place. Il prépare un peu de riz pour accompagner les légumes déjà cuisinés qu'il a achetés, pour le dessert il a le choix entre un ananas et des bananes.

En sourdine, il écoute une playlist de Léonard Cohen. Allongé sur la banquette du séjour, il savoure le plaisir d'être dans ce nouvel environnement. Machinalement, il prend son téléphone et appuie sur l'icône « galerie », sa maison est là, puis les falaises, la mer, la Bretagne.

Quand y retournera-t-il ?

Sans éprouver de nostalgie, l'idée d'y revenir amène un sourire sur ses lèvres. Une partie de lui, de sa vie sont là-bas, mais il peut y songer sans peine, juste s'en souvenir avec plaisir. Il sait qu'il les retrouvera quand il le décidera.

Ses pensées le ramènent à Hô Chi Minh-Ville, à May Phuong. Il comprend qu'elle se plaise dans cette ville, jeune, active, en perpétuelle évolution. Prise par la vie trépidantede la mégapole elle peut oublier, en partie, ce qui la ronge.

Difficile pour elle de se plonger seule, dans cette quête, sans le soutien de ses parents. Elle semble leur en vouloir, et s'éloigner d'eux.

Elle n'est pas métisse, mais l'appel de la terre de ses origines est aussi fort que le sien. C'est sans doute cela qui les réunit, plus autre chose qui demeure indéfinissable. Leur relation lui pose question, c'est la première fois qu'il vit ce genre d'expérience. Ils s'aiment, mais pas pour construire un projet de couple, ni même pour partager une nuit d'ivresse. Ils le pourraient, bien sûr. Même si la tentation est là, ils savent tous les deux que cela n'est pas l'objet du lien qui les unit. Il a conscience qu'il est le pilier vers lequel elle se tourne par défaut, à moins qu'elle ne l'ait choisi à la mode vietnamienne comme père ou frère.

Il a passé les jours suivants à découvrir son nouveau quartier.

S'il passait de temps à autre dans cette rue, maintenant elle fait partie de son quotidien. Il s'est présenté comme il a pu aux voisins immédiats. Ils étaient déjà au courant de son installation, informés sans doute par Thi Châu, ou l'avaient ils repéré eux-mêmes. Rien ne passe inaperçu ici, encore moins s'il s'agit de l'installation d'un nouveau venu.

Il ne regrette pas son choix, l'appartement est situé idéalement. La rue et le quartier sont très calmes. Le seul bémol à cette installation vient de May Phuong. Il lui a adressé un courriel pour la prévenir de la nouvelle, avec quelques photos. Il espérait une réponse enthousiaste de sa part, rien.

Ses propriétaires restent discrets tout en étant attentifs à ses besoins éventuels. Thi Châu vit seule. Elle le lui a dit quand il l'a aidé à monter chez elle une grosse bonbonne d'eau, c'est la seule information personnelle qu'elle lui a confiée. Elle demeure une énigme.

Sans l'aide de Binh ou de Kien, il s'exprime, comme il peut, en vietnamien, parfois en anglais. S'il a fait des progrès, il ne maîtrise pas encore le minimum de langage nécessaire.

Heureusement, son traducteur ne quitte jamais ses poches et le langage des gestes est assez efficace. Il peut aussi compter sur la solidarité des uns et des autres. Chacun l'aide pour s'exprimer, exercice difficile pour lui. Plus que la prononciation, ce qui lui pose un problème est la mémorisation des mots.

Cela fait bientôt trois semaines qu'il est chez lui, le quartier l'a adopté. Il a déjà été invité plusieurs fois pour partager un repas chez de proches voisins. Pour lier davantage connaissance, il propose aux gens du quartier de leur tirer le portrait, seul ou en famille. Cela lui permet d'en apprendre beaucoup sur les uns et les autres et lui a donné l'idée d'un projet photographique.

Il s'est rendu aux services de police pour obtenir un visa de résident, formalité simple et rapide. Thi Châu l'a accompagné. Cela a dû influer sur l'obtention expresse de son visa, elle connaissait la plupart des fonctionnaires qui se montraient très avenants à son égard.

May Phuong, retour à Dong Hoi

Novembre

La saison des pluies s'estompe peu à peu, la chaleur est devenue très supportable, voire fraîche parfois. Il est sorti pour photographier les pêcheurs qui partent en mer, mais au moment où il commence à remonter le long du canal, les nuages éclatent laissant échapper une pluie torrentielle. Heureusement, il n'est pas très loin du S'Café où il se réfugie. Il discute avec le jeune couple qui gère l'établissement quand il reçoit un message de May Phuong : « Où es-tu ? Je t'attends au Red Peppers ! »

Il n'en revient pas, son esprit s'agite.

Elle lui a adressé un courriel il y a deux jours pour le prévenir que vu le succès de son exposition, celle-ci était prolongée jusqu'à fin novembre, deux semaines de plus que prévu. Alors, que fait-elle ici ?

Sous un parapluie emprunté au bar, il se presse de rejoindre la pizzeria. La nuit tombe rapidement, le ciel chargé de nuages semble fondre sur la ville comme pour l'engloutir. Les lampadaires s'allument les uns après les autres. Les rues sont quasiment désertes, juste quelques voitures et motos. Seul le flic-flac de la pluie sur le sol trouble le silence. Il n'est plus qu'à quelques mètres du Red Peppers quand il entend son rire.

Elle est bien là. Elle parle et plaisante avec la serveuse, debout, un verre de jus de fruits à la main. Il s'arrête au milieu de la chaussée déserte, son cœur bat plus vite. Il l'observe depuis la rue. Il remarque sa coiffure, ses cheveux coupés plus courts, sa silhouette svelte et vive. Sous les lampes dorées du restaurant, elle est sublime.

Le seuil à peine franchi, elle se tourne vers lui, se précipite à sa rencontre et le serre dans ses bras, l'embrassant sur les joues avant de conclure d'un léger baiser sur ses lèvres. Il la garde contre lui quelques instants, savourant le bonheur de la retrouver, avant de lui jeter un regard plein de questions.

Ils s'asseyent près de la baie, elle le regarde en souriant.

« Je pars en France dans trois semaines, à la fin de l'exposition, pour passer Noël avec mes parents. Je voulais te revoir avant de partir et je n'avais que ce week-end de libre ». Elle s'est décidée au dernier moment, hier soir.

Elle ne l'a pas prévenu pour lui faire la surprise. Son avion est arrivé il y a une heure avec un gros retard dû à la météo.

« As-tu réservé une chambre ? »

Elle n'a pas eu le temps, mais elle devrait en trouver une facilement.

Il y a comme un flottement, il hésite, puis lui propose de déposer ses affaires chez lui, le temps qu'ils aillent dîner. Elle n'a qu'un sac de voyage en toile qu'elle saisit d'une main. La pluie a cessé. Ils partent côte à côte jusqu'à son appartement. Sitôt entrée, elle pose son sac par terre sur le tapis près du canapé et inspecte les lieux, ouvre le réfrigérateur, les placards, pour en faire l'inventaire. Elle fait rapidement le tour de la chambre, jette un coup d'œil dans la salle de bain, revient vers lui en souriant. Il est resté debout dans le séjour, ne perdant aucun de ses gestes, heureux de la voir chez lui, illuminant l'espace de sa présence.

Il lui propose d'aller dîner à deux pas, chez Thi No, cela leur évitera d'être trempés s'il recommence à pleuvoir. Ce restaurant propose différents « *bun dau* », spécialité à base de tofu frit, de viande et pâté de porc, accompagnée de légumes frais, de vermicelles de riz et d'une sauce aux crevettes. La sauce au goût prononcé teinte les vermicelles d'une couleur violette qui peut surprendre le convive non initié.

Durant le trajet, ils ont peu parlé, juste échangé quelques banalités. Leurs retrouvailles sont toujours un peu compliquées. Ils sont heureux de se revoir, mais à l'inverse d'un couple d'amoureux, à chacune de leurs rencontres, il leur faut un temps d'adaptation avant de retrouver le fil de leur relation. Le patron le reconnaît. Il leur propose l'espace « à la vietnamienne » : les tables basses sont sur un plancher en bois surélevé où l'on accède après s'être déchaussé. Assis sur des petits coussins, jambes croisées pour les plus souples, les autres s'arrangent comme ils le peuvent. Ils y seront tranquilles. L'établissement est décoré avec goût, de grands dessins épurés sur les murs représentent des scènes de la vie quotidienne à la campagne.

Comme elle le fait partout, May Phuong inspecte du regard l'ensemble de la salle. Rien ne lui échappe, l'endroit lui plaît. Assis face à face, ils ont retrouvé leur complicité. Il lui demande si ce qu'elle lui a dit au sujet de sa visite est la réalité ou si elle lui réserve une autre surprise. Elle rit de bon cœur en le regardant, lui assure que c'est la vérité. Elle ne s'est décidée qu'hier soir et a voulu le surprendre. Va-t-il lui pardonner ? Il hausse les épaules, lui sourit, comment pourrait-il lui en vouloir ?

Leurs plats leur sont servis, accompagnés de thé. Au cours du repas, elle lui confie être retournée au musée des Beaux-Arts. « Je ne parviens pas à imaginer mes grands-parents dans ce lieu. C'est ce qui m'a décidé à rentrer en France. J'aimerais trouver une photo de l'époque dans les affaires de grand- mère. Sans doute, la transformation de la maison a fait disparaître l'atmosphère qui m'aurait permis de ressentir quelque chose ». Elle lui avoue aussi son désir de se replonger dans la « vie française ». Cela fait longtemps qu'elle est ici, et elle ressent un manque. Elle a besoin de se ressourcer.

Il se hasarde à lui demander : « Tu es ici depuis longtemps, que ressens-tu par rapport à tes origines ? » Comme elle le fait souvent quand elle a quelque chose d'important à lui dire, elle se saisit de l'une de ses mains. Son sourire a disparu. Ses yeux ont cette ombre qu'il a pu remarquer quelquefois. Elle lui dit ce mal lancinant dont elle souffrait depuis l'enfance, sans savoir ce que c'était. Pour le contrer, elle était devenue hyperactive, vivant à cent à l'heure, pour ne pas le laisser l'envahir. Sa mère en avait parlé au médecin, il avait mis cela sur des troubles passagers de l'humeur, la fatigue due à la croissance, plus tard, à la crise de l'adolescence. Elle avait compris quelque temps après son arrivée au Vietnam que cette sorte de mélancolie tapie au plus profond d'elle-même était le manque de la terre de ses origines. Depuis qu'elle était ici, plus jamais elle n'avait ressenti cet état. Comme lui, elle éprouve un peu les mêmes sensations. Il lui confie que depuis ces quelques mois passés ici, il se sent mieux, en harmonie avec lui-même, sans être certain que cela sera suffisant pour qu'il se sente vraiment épanoui.

Les autres clients sont partis depuis quelque temps déjà, les employés et les patrons ont préparé leur table pour dîner, il va être temps pour eux de quitter les lieux. Quelques personnes se promènent, d'autres discutent sur la passerelle qui enjambe le canal. Il passe un bras autour de ses épaules, l'embrasse sur le front. Elle lui fait penser à ses enfants, leurs âges sont proches. Du doigt il lui montre Au Lac Hôtel dont l'enseigne rouge se reflète sur l'eau du canal. Avec une moue, elle lui fait non de la tête et en lui prenant la main l'entraîne en direction de son appartement.

Il lui laisse sa chambre et prépare le canapé pour y passer la nuit. Ils se sont assis par terre, adossés au canapé en buvant un verre de jus de fruits. Il a éteint la lumière, seule la clarté des réverbères éclaire la pièce. Après s'être douchée, elle a revêtu une chemise bleue, trop grande pour elle. Lui est en caleçon. Le temps s'écoule sans un mot, juste un regard de temps à autre qui les connecte. Seul le concert des cigales qui reprennent vie après l'orage meuble cet instant d'union symbiotique. Elle vient se blottir contre lui. Hésitante, cherchant ses mots, elle lui dit sa douleur de ne pouvoir construire une relation durable avec un homme. Elle ne vit que des aventures de quelques jours, sans lendemain, qui ne la comblent pas. Elle ne peut plus, depuis ce soir funeste, envisager de vivre avec quelqu'un et en même temps elle souffre de sa solitude. Lui vient parfois une envie irrésistible de se venger des hommes. Alors elle les aguiche, se fait désirer, leur fait des promesses sans lendemain. Ils cèdent à tous ses caprices, mais les jette comme un Kleenex. Elle se déteste dans ce rôle, mais cela la soulage, lui fait du bien et en même temps la ronge. Elle sait que cela la détruit peu à peu. Depuis son arrivée au Vietnam, elle a lutté pour résister à cette pulsion infernale.

Avec lui, c'est autre chose, elle n'a pas cherché à le séduire. Elle s'est sentie en confiance dès leur première rencontre. Bien sûr, au début, elle commençait à mettre en place son personnage, mais très vite, elle a ressenti une sensation étrange. Le rôle qu'elle jouait d'habitude, ne s'imposait pas avec lui, elle était désarmée et ne pouvait jouer sa partition. Une connexion étroite la reliait à lui, phénomène qu'elle n'avait jamais vécu avec personne. Sa garde s'est brisée. Elle a ressenti qu'il pouvait être pour elle comme un grand frère, un confident, une épaule sur laquelle s'appuyer. Il lui a fallu apprivoiser cet état. Après leur première rencontre, elle a lutté pour ne pas le rappeler, pourtant elle en mourrait d'envie. Elle ne comprenait pas bien ce sentiment qui s'emparait d'elle à son égard. Elle le connaissait à peine, mais pensait régulièrement à lui, le suivait sur les réseaux sociaux. Il prenait une place importante dans sa vie. Elle avait besoin de lui, de le revoir. Elle avait choisi ce prétexte d'exposition pour oser le rencontrer de nouveau.

Partir en France pour quelques semaines, quelques mois sans le revoir la paniquait. C'est pour cela qu'elle est venue ce week-end. Elle ne sait pas quand ils auront l'occasion de se revoir et ne voulait pas quitter le Vietnam sans lui dire au revoir. Son séjour en France ne devrait pas dépasser un mois et demi à deux mois. Mais elle n'a pris qu'un aller simple pour ne pas être tributaire d'une date. Il n'a rien dit, l'a laissé parler, puis l'a prise dans ses bras, l'a bercée comme une enfant. Quand elle s'est calmée, il lui a suggéré de profiter de son voyage en France pour tout révéler à ses parents. Elle devait leur partager cet épisode douloureux de sa vie. Il aimerait qu'elle suive son conseil et peut être, si elle le peut, voir un psy, au moins une fois. Elle a hoché la tête, se lovant plus étroitement contre lui. Il n'en a pas dit davantage. Ne pas la brusquer. Il la sait forte, elle trouvera la ressource nécessaire le moment venu pour affronter ses démons.

La nuit file vers une nouvelle journée, il aimerait dormir. Elle l'embrasse sur la joue, et rejoint la chambre, laissant la porte ouverte. Il tarde à trouver le sommeil, cette soirée l'a perturbé. Les confessions de May Phuong tournent en boucle dans sa tête.

Il n'aurait pas imaginé que le « mal du pays » puisse être aussi fort chez elle. C'est stupide, pense-t-il aussitôt. Ce n'est pas parce que ses parents sont Vietnamiens/Français qu'elle ne peut pas ressentir ce manque intérieur qu'il éprouve.

Elle a beau parler la langue et baigner dans la culture vietnamienne, il est normal qu'elle puisse ressentir ce sentiment que d'autres n'éprouvent pas.

Tous les déracinés, tous les métis n'ont pas cette curiosité de connaître d'où ils viennent. Certains appréhendent cette recherche et retardent le plus longtemps possible le moment fatidique où ils s'élanceront vers l'inconnu de leurs origines.

D'autres n'en éprouvent pas le besoin.

Certains parce que leurs parents ont quitté le pays plus récemment et par choix, sans contrainte.

D'autres encore, nient, sans en être tout à fait conscients, cette double appartenance, pour préserver l'identité qu'ils se sont forgée.

Peut-être ont-ils raison, car depuis qu'il s'est aventuré dans cette quête, sa vie a basculé vers d'autres horizons dont il n'entrevoit pas les limites…

Dominique, quarteronne

Ses pensées l'empêchent de trouver le sommeil et l'entraînent de nouveau vers d'autres rives et font ressurgir le souvenir de cette rencontre avec Dominique.

Une quarteronne plus âgée que lui. Ils ne se connaissaient pas et se sont rencontrés par hasard. Elle venait passer quelques jours chez un ami dont la maison était à quelques pas de son atelier. En vitrine, quelques photos du Vietnam avaient poussé sa curiosité à franchir sa porte.

Elle lui avait partagé l'histoire de ses origines.

Son père, né d'un soldat français et d'une mère vietnamienne, était arrivé en France en 1924 à l'âge de 9 ans.

Seul.

Sous l'impulsion du gouvernement français de l'époque, avant la création de la F.O.E.F.I., l'administration coloniale proposait aux mères célibataires, ayant des enfants métis, de lui confier leurs garçons. Uniquement les garçons, pour qu'ils rejoignent la métropole où ils seraient éduqués, soignés et apprendraient un métier. Sous couvert de rapatrier des enfants ayant du « sang français » afin de ne pas les laisser avec un peuple de race inférieure dans lequel ils trouveraient difficilement leur place, l'État importait aussi une future main-d'œuvre bon marché. La France manquant de bras après la guerre de 14-18. Les filles métisses ne présentaient que peu d'intérêt pour les autorités et autres associations de bienfaisance. Elles représentaient le péché, et trouveraient bien leur place en grandissant…

Ce jeune garçon et quelques dizaines d'autres se sont retrouvés placés principalement chez des paysans, dans différentes régions de France. Lui, ce fut en Normandie.

Ils vécurent dans des conditions inhumaines, c'étaient des « *niakoués* » (insulte pour nommer les asiatiques, ici les indochinois) corvéables à merci, à peine nourris et soignés, alors que les fermiers chez lesquels ils étaient, touchaient des allocations versées par l'administration.

Humiliation suprême que subit ce gamin de neuf ans, après une conversion et un baptême forcés, fut le changement de ses nom et prénom par l'administration française.

Né Nguyen Thi Hoa, son état civil est devenu Maurice G. Il devait oublier à tout prix la source de ses origines.

Plus chanceux que ses compagnons d'infortune, la famille dans laquelle il se trouvait prit soin de lui. Il réussit sa scolarité au lycée de Coutances et poursuivit ses études pour devenir professeur de mathématiques.

Marié à une Française, il eut plusieurs enfants.

Dominique se souvient avec émotion et avec regret : « Nous ne voulions pas que notre père vienne nous chercher à l'école car comme il était typé, nous aurions eu des problèmes… »

Il faut être attentif pour déceler dans ses traits de quarteronne son origine asiatique. Elle, ses frères et sœurs ont vécu comme lui-même, éloignés de toute communauté vietnamienne. Comme lui, elle ne parle pas la langue et n'a pas baigné dans la culture de son père.

Dominique lui a confié qu'elle ne souhaitait pas faire ce voyage du retour. Elle exprime son refus d'aller là-bas avec une sorte d'effroi. Elle a reçu, il y a quelque temps, un billet pour faire le voyage du retour, elle a refusé ce cadeau. Hors de question qu'elle aille là-bas !

Et pourtant…

Elle a suivi le périple de son jeune frère qui s'est lancé sur la trace de leur père dans la province de Tay Binh, essayant de trouver des indices qui leur auraient permis de retrouver la famille Nguyên Thi Hoa.

Recherches vaines qui la désolent.

Elle poursuit son récit d'une voix pleine d'émotion et d'une colère froide.

Elle aimerait que la mémoire de son père et de ces enfants arrachés à leur patrie ne soit pas oubliée, que la France les honore, leur demande pardon.

Si l'histoire de Dominique avec le Vietnam est plus lointaine que la sienne, sa détresse est semblable, malgré son refus de se rendre à la deuxième source de ses origines. Toute sa vie, aujourd'hui encore, une plaie béante et secrète saigne au plus profond d'elle-même. L'histoire de son père et ce manque des origines est une blessure qui ne cicatrisera jamais. Vietnam coule dans ses veines et se rappelle à elle, souvent, malgré le couvercle dont elle l'a recouvert.

Vietnam fait partie de son histoire, de l'Histoire de ce peuple de déracinés, de métis, de quarterons, de ces individus entre deux mondes, entre deux rives.

Des femmes, des hommes, des enfants qui pour certains d'entre eux, qu'ils soient teintés de jaune, de rouge, de noir, de blanc, au gré de la colonisation et des guerres qui ont suivi et du nouveau régime politique en place depuis 1975, auront toujours une fêlure à l'âme.

Certains sauront pourquoi, essaieront de la guérir en partant à la quête de leur identité.

Y parviendront-ils ? Seront-ils reconnus au même titre que les natifs ?

D'autres ne savent pas, n'ont pas su, ne sauront jamais mettre un nom sur ce mal qui les tourmente parfois…

Le souvenir de cette rencontre avec Dominique le tient éveillé très tard dans la nuit. Son récit, comme tant d'autres, l'a marqué et l'a aidé à se jeter à corps perdu dans la découverte du pays de son père à défaut de venir y retrouver une famille.

Tentation

Le chant d'un coq le réveille.

La nuit est encore là malgré la lueur diffuse de l'aube. Il a soif. Il s'apprête à se lever quand il se fige. Dans la pénombre, il devine May Phuong couchée sur le tapis, enveloppée dans un drap.

Elle dort.

Étonné, il se demande ce qu'elle fait là. Décidément, il a du mal à tout comprendre. Il l'enjambe avec précaution et va jusqu'au réfrigérateur se servir un verre d'eau. Il revient s'assied sur une chaise et dans le clair-obscur dans laquelle baigne le séjour, il contemple le tableau qui s'offre à lui.

May Phuong a la tête posée sur un oreiller, la lumière l'enveloppe d'une clarté diaphane, accentuant la finesse de ses traits. Son visage ne porte plus aucune trace de son désarroi. Son souffle est régulier, apaisé. Couchée légèrement sur son côté droit, sa chemise s'est ouverte et il devine la forme pleine et ronde de ses seins, le reste de son corps est enveloppé dans le drap dont elle s'est entourée.

Il l'aime d'une grande tendresse, il est heureux qu'elle soit venue le voir.

Les rayons du soleil levant chassent les lambeaux de nuit qui s'accrochaient encore au sommet des immeubles. Les premières motos trouent le silence matinal. Le voisinage s'éveille lentement.

Il se recouche en faisant attention à ne pas la réveiller, et la contemple. Ainsi abandonnée, elle paraît une adolescente fragile. Ses traits vietnamiens sont délicats, même son nez légèrement épaté, est en harmonie avec le reste de son visage. Dans son sommeil, elle gémit doucement, se glisse sur le dos puis ouvre les yeux. Sans surprise, elle le regarde, heureuse de le voir, et lui sourit.

Elle avait envie de dormir près de lui, a hésité à le réveiller pour qu'il vienne partager le lit, mais n'a pas osé, alors elle est venue se coucher là et a très bien dormi.

Elle lui tend une main qu'il caresse du bout des doigts mais elle empoigne brutalement la sienne et le tire vers elle. Surpris, il tombe. Leurs visages sont l'un au-dessus de l'autre, son corps est contre le sien. Sa main plaquée au sol l'empêche de s'écrouler complètement sur son corps. L'un comme l'autre sentent que le moment est crucial.

Leurs respirations s'accélèrent. Leurs yeux se cherchent, luttent en silence. Au prix d'un effort terrible, il se laisse tomber de l'autre côté d'elle, haletant. De ses deux mains, elle lui prend la tête et l'attire entre ses seins, il en sent la douce chaleur et la fermeté. Leurs lèvres se cherchent, ils s'embrassent avec fougue. Leurs mains parcourent leurs corps jouant un concert hard rock faisant naître des éclairs dans leurs têtes et des brûlures sur leur peau. Tout d'un coup il se redresse, la regarde offerte, et lui dit non.

Il ne veut pas.

Il l'aime comme une tendre amie, pas autrement.

La surprise passée, elle l'interroge du regard, puis hoche la tête pour lui dire OK d'un air un peu triste.

Appuyée sur un coude, toujours couchée sur le tapis, elle le suit du regard en se caressant les seins de sa main libre tandis qu'il va dans la salle de bain. Il se retourne. Leurs regards se croisent. Elle le provoque une dernière fois en redressant le torse pour lui offrir sa poitrine et lui adresse un sourire coquin.

Déçue ou satisfaite, il ne sait pas, peut-être les deux, à moins qu'elle ne l'ait éprouvé pour savoir si elle pouvait vraiment compter sur lui…

Ils déjeunent d'une soupe aux vermicelles de riz et boulettes de viande tout près de chez lui. Tous les regards se tournent vers eux. Plus exactement vers elle. Vêtue d'un short vert, d'une chemisette jaune, elle capte tous les regards, féminins ou masculins. Ils se sont installés sur le trottoir de l'autre côté de la rue, en bordure du petit square sous un tamarinier. Pour le moment, juste quelques nuages dérivent doucement dans le ciel, poussés par un vent frais venu des montagnes. Le parfum des arbres en fleurs mêlé à celui de l'encens et des effluves de cuisine, résument les petits matins au Vietnam.

« Que souhaites-tu faire aujourd'hui ? »

« Rien de particulier, je veux juste que nous passions la journée ensemble. Je suis venue pour être avec toi. »

Son regard s'échappe du présent quelques instants. Elle lui sourit, l'esprit encore ailleurs. Aucun des deux ne reparle de ce qui s'est passé au réveil. Il lui propose d'aller au grand marché de Dong Hoi et demande à la marchande de soupe de leur commander deux motos-taxis. Celle-ci demande à son fils de s'en occuper. Cinq minutes à peine se sont écoulées que deux gros scooters arrivent pour les conduire.

Le marché se situe en amont de la rivière. Ils passent devant la citadelle pour s'y rendre. Citadelle reconstruite après la guerre. Le trajet est court, à peine deux kilomètres. Il connaît bien les lieux, il y est venu plusieurs fois faire des photos. Il l'entraîne du côté dela rivière Nhat Lé où se tient le marché aux poissons. Ici, rien à voir avec celui de Nhän Trach. Les bateaux de pêche accostent face au marché. Les paniers de poissons, de coquillages, de crustacés n'ont que quelques mètres à franchir pour arriver sur la terre ferme. Tout est bien orchestré. Les hommes déchargent le poisson. Les femmes le vendent aux grossistes, aux détaillants, à d'autres vendeuses qui sont installées dans le marché couvert. On se hèle, on se chamaille, on crie. Ambiance tumultueuse, lespoissons passent de main en main, finissent dans des bassines ou des paniers pour être vendus. Téléphone portable dans une main, signes de l'autre pour faire monter une enchère pour un lot de poissons, les femmes sont les maîtresses de ce jeu. Difficile pour les non-initiés de comprendre ce qui se passe.

May Phuong s'accroche à son bras en poussant un cri, elle a glissé sur un calamar échappé d'une bassine. Ils en rient. Les femmes alentour qui ont vu la scène s'esclaffent et se disent de bons mots auxquels May Phuong répond en vietnamien en essayant de maîtriser son accent. Stupéfaction, étonnement, puis les rires redoublent. Une femme s'approche et vient lui parler, elles s'esclaffent ensemble. Un peu plus loin, elle s'arrête, prend un tuyau qui alimente en eau des bacs de poissons d'eau douce, et s'en sert pour rincer ses pieds.

Ils s'attardent au marché des fruits et légumes où May Phuong marchande deux ananas et quelques oranges. La chaleur se fait plus lourde, le ciel se charge peu à peu de gros nuages. Ils décident d'aller prendre un *câ phè sua da* dans une petite rue, de l'autre côté du marché. Cette halte leur fait du bien. La terrasse du bar est au calme et ombragée. Assis l'un en face de l'autre, ils demeurent silencieux, échangeant des regards complices. Elle l'observe un moment et pressent qu'il a quelque chose à lui dire. D'un signe de la tête, elle l'interroge. Il se décide enfin à parler, à lui dire qu'il est heureux qu'elle ait pris la décision de venir le voir, mais qu'il a du mal à la comprendre, craint qu'elle se joue de lui malgré ce qu'elle lui a confié. Il lui avoue qu'il l'aime, beaucoup. Pas d'un amour pour une vie à deux, mais de façon différente. C'est un sentiment qu'il n'arrive pas à définir. Il pense souvent à elle. Il aime sa présence, elle lui transmet son énergie. Dans le même temps, il éprouve de la culpabilité, elle lui fait penser à ses enfants qui ont à peu près son âge. Haussement d'épaules un peu las.

Elle reste silencieuse.

Esquisse d'un sourire au bord des lèvres, son visage encadré de ses cheveux noirs exprime l'empathie.

Elle l'incite à poursuivre.

Leur rencontre a provoqué un déclic. Il a envie, à nouveau, de projets. L'exposition en a été un très bon exemple. Elle l'a obligé à penser à autre chose que sa quête.

Mais il a encore besoin de solitude pour le moment. Il consacre toute son énergie pour essayer de trouver sa place dans ce pays.

Son pays, leur pays.

Elle plisse les yeux, puis provocante, les yeux dans les yeux, déboutonne deux boutons de sa chemisette dévoilant davantage la naissance de ses seins.

« Es-tu certain de ne pas m'aimer, de ne pas me désirer pour une vie à deux, n'est-ce pas cela qui te trouble plutôt que ta quête d'identité ? Tout comme ce que j'éprouve pour toi peu à peu. Nous ne sommes pas obligés de nous faire des promesses, profitons d'être ensemble et de nous aimer sans penser à demain. »

Il ferme les yeux en secouant négativement la tête.

Les possibilités de la désirer, de la prendre ont été nombreuses. Mais à quoi cela servirait-il, à part apaiser une envie animale, satisfaire juste les sens ?

Elle peut se trouver des compagnons plus jeunes pour ce genre de jeu.

Lui a passé l'âge, lui dit-il. Il n'a pas envie de jouer.

Une relation amoureuse ne mènerait à rien, celle qui les unit est plus forte.

Elle reboutonne sa chemisette en prenant un air contrit, lui demande pardon. Se lève d'un bond et vient l'enlacer dans le dos, couvrant son cou de baisers. Elle est désolée de l'avoir provoqué, son envie n'était pas feinte. Elle lui dit son amour profond pour lui, un amour confus. Il est son seul ami, presque un frère, un confident, tout à la fois.

Ils reviennent à pied malgré la chaleur suffocante, se protégeant du soleil voilé en recherchant l'ombre des immeubles. Il l'emmène à travers le dédale des ruelles lui faisant découvrir le Dong Hoi secret qu'il affectionne. Ils passent près d'un étang où des pêcheurs traquent de gros poissons chats et l'entraîne dans une impasse. Il connaît une vieille femme qui sert du jus de canne à sucre.

L'endroit est très pauvre, la peinture vert clair est défraîchie depuis longtemps. Les tabourets en plastique sont en fin de vie, mais il a l'habitude de venir ici, de laisser un bon pourboire qui permettra à la vieille femme de manger autre chose qu'un bol de vermicelles de riz. La femme le reconnaît, leur sourit de sa bouche édentée. Elle veille à la propreté des verres qu'elle leur sert en les rinçant correctement. Sa machine à broyer les morceaux de canne à sucre est peut-être aussi vieille qu'elle, mais c'est là son seul moyen de gagner quelques dongs.

Paradoxe de ce pays en pleine évolution, juste en face, un mur neuf, surmonté d'une grosse grille en métal argenté, protège une résidence récente, surmontée d'un dôme doré. La première fois qu'il avait aperçu le dôme, il pensait que c'était une nouvelle église qu'il avait cherchée et c'est ainsi qu'il avait fait connaissance avec la vieille femme.

Revenus chez lui, ils se sont douchés et changé de vêtements. Il lui a demandé si elle souhaitait aller manger, mais elle n'avait pas vraiment faim, lui non plus.

May Phuong va dans le coin cuisine et prépare un ananas et des quartiers d'orange qu'ils vont déguster avec un mélange de piment et de sel. Il la rejoint pour préparer un thé au gingembre.

Vêtus d'un caleçon et elle d'une culotte, leurs peaux s'effleurent, se cherchent. Contacts furtifs, comme pour se dire des choses que les mots ne peuvent exprimer.

Pour échapper à la moiteur de l'appartement, il ouvre en grand toutes les ouvertures et ils s'installent chacun à l'une des extrémités du canapé, appréciant la fraîcheur relative qui envahit la pièce.

Ils partagent ce moment sans un mot, échangeant juste un regard, de temps en temps, un sourire.

Cocoon[3] les accompagne en sourdine.

Tout en grignotant les fruits, ils se regardent, s'examinent, sans pudeur, sans arrière-pensée. Ses longues jambes s'allongent vers lui, sa taille est fine, ses seins sont deux fruits au galbe

[3] Cocoon est un groupe de pop français chantant en anglais, créé en 2004 par Mark Daumail avec Morgane Imbeaud.

parfait. Son ventre plat et ses bras longs et musclés trahissent des séances de sport régulières. Elle le regarde la dévisager, joue à prendre la pose. Il se saisit d'un boîtier, vérifie l'objectif, et tourne autour d'elle, faisant crépiter l'appareil.

En milieu d'après-midi, ils passent saluer Binh et Kien, empruntent un scooter et filent vers la plage malgré le ciel menaçant. Ils sont quasiment les seuls à oser se baigner, la mer commence à se former, mais rien à voir avec la houle dont il a le souvenir au bord de la Manche. Ils sont à jouer dans l'eau quand l'orage éclate libérant une grosse averse tropicale.

Il la surveille, cela va-t-il déclencher une autre crise ? Elle rit, et lui dit qu'ils feraient mieux de rentrer. Ils ne prennent pas la peine de se vêtir, elle saisit le sac à dos dans lequel sont leurs vêtements, et c'est ainsi, casqués et en maillot de bain qu'ils filent sous l'orage vers leur refuge à travers les rues désertées.

Le passeur

Plus tard dans la soirée, ils dînent de quelques crevettes et calamars grillés face au fleuve Nhât Lé, dans une des nombreuses gargotes installées le long de la promenade. Ils reviennent par le parc en longeant le fleuve tout en parlant de choses et d'autres quand soudain il s'arrête.

Surprise elle l'interroge du regard.

Il est là, devant eux appuyé contre le garde-fou, le dos au fleuve, comme s'il les attendait, le visage impassible. Il prend May Phuong par la main et l'entraîne vers le vieil homme, comme attirés par une force à laquelle ils ne peuvent se dérober. Le grand-père de Binh les salue en vietnamien. May Phuong répond à ses salutations avec chaleur, lui, porte sa main droite sur son cœur et s'incline devant le chaman. Le vieil homme les regarde tour à tour, puis se saisit d'une des mains de chacun d'eux, marmonne une sorte de prière, comme une incantation, lève la tête, semble invoquer le ciel, puis relâche leurs mains. Il semble être en transe durant quelques instants puis se tait plantant son regard dans leurs yeux. Il lève sa main droite dont il effleure leur front tour à tour et dans un sourire s'éloigne à petits pas.

Ils demeurent immobiles, pétrifiés comme deux statues. Sur un banc où ils se sont écroulés, face au fleuve, blottie contre lui, tremblant comme si elle avait froid, elle est ailleurs. Son visage est serein mais ses yeux en amandes grands ouverts semblent un océan noir sans fond. Il parvient difficilement à percevoir ce qui se passe autour d'eux, les sons semblent étouffés, les lumières floues, comme s'ils étaient enfermés dans une bulle. Peu à peu, ils reprennent contact avec la réalité, mais sont dans un grand état de lassitude, comme s'ils avaient couru longtemps. Il lui demande si elle va bien, mais elle demeure encore contre lui de longues minutes avant d'émettre un son et de se mouvoir.

D'une voix neutre, elle lui dit avoir ressenti une chaleur intense dans tout le corps, accompagnée d'une douleur brève dans la tête, quand le vieil homme a saisi leurs mains.

Elle a eu l'impression de voir toute sa vie défiler en quelques instants. Plein de souvenirs, dont le plus terrible d'entre tous, lui dont revenus à l'esprit sans la troubler. Elle semblait les regarder depuis une autre dimension, sans éprouver autre chose que de l'indifférence.

Comme s'ils étaient de vieux vêtements dont elle devait se débarrasser.

Elle s'est retrouvée apaisée, en paix. Le vieil homme semblait l'avoir purifiée.

May Phuong tourne son visage vers lui. Le regard embrasé, agrippant son bras, dans un murmure, elle lui dit qu'elle sait. Elle sait maintenant que leurs destins sont unis mais que leurs voies sont différentes.

Des larmes perlent au coin de ses yeux.

En réponse, il lui dit avoir ressenti quelque chose d'étrange, comme s'il pouvait lire dans ses pensées, ressentir tout ce qu'elle est, éprouver ses peurs, ses angoisses, ses joies, tout ce qui l'anime. Il sait que maintenant elle est prête pour mettre en lumière ce mal qui la ronge, pour mieux le détruire. Tout comme elle, il est certain désormais que leur relation ne prendra jamais d'autre voie que celle qui les unit. Il ne sait pas comment, mais le vieil homme l'a investi d'une mission, celle de veiller sur elle.

C'est alors qu'il lui révèle l'identité du vieil homme.

« Pourquoi était-il sur notre chemin, qui l'a prévenu ? », lui demande-t-elle.

« Cet homme est un passeur, un guide ! » Il n'y a pas de hasard, il devait les rencontrer ce soir pour leur révéler ce dont ils viennent de prendre conscience, lui répond-il d'une voix empreinte de gravité. Il a perçu aussi ce que serait son avenir. Une forêt de laquelle il allait s'extraire, mais il lui reste encore de nombreux obstacles à franchir. Obstacles qui sont en lui, qu'il appréhende.

Encore troublés, main dans la main, ils s'en vont, l'air grave, le long de la promenade qui court le long de Nhât Lé, ignorant les regards qui les suivent. Ceux qui les regardent passer ne savent pas que le lien qui les unit n'est pas celui d'une aventure d'une nuit, d'un couple légitime ou non.

Leur liaison est autre, eux-mêmes ne peuvent pas la nommer.

Accoudés sur le parapet qui longe le fleuve, le regard perdu dans l'onde noire aux reflets de lune, leurs pensées s'envolent vers des cieux différents avant de s'unir au-delà de la mer de l'Est.

Elle lui passe un bras autour du cou et approche ses lèvres de son oreille. Elle lui murmure qu'elle a compris ce que le vieil homme disait quand il a semblé implorer le ciel. Il a invoqué les esprits des six éléments *(terre, eau, feu, vent, espace, esprits)* pour qu'ils tissent entre eux un lien plus résistant qu'un filin d'acier qui les unira à jamais.

Un lien qui les aidera mutuellement au-delà des apparences, à vaincre leurs peurs, leurs angoisses pour parvenir à trouver leur équilibre dans le pays de leurs ancêtres.

« Ils doivent avoir confiance l'un dans l'autre et ne jamais rompre ce fil qui les maintiendra toujours en contact au cours de leur vie », sont les mots du vieil homme qu'elle lui traduit espère-t-elle, le plus fidèlement possible.

Maintenant enlacés, yeux dans les yeux, sous leurs vêtements légers, la chaleur de leurs corps fusionne les entraînant hors du temps dans un tourbillon immobile où leurs pensées entrent en connexion et se mêlent aux éléments.

Ils ne font plus qu'un et semblent hors de leurs corps qui sont comme des coques vides qu'ils contemplent d'un air détaché. Plus rien n'a d'importance que leurs esprits qui s'échangent leurs données à la vitesse de la lumière.

Cela n'a sans doute duré qu'un instant, il ne sait pas très bien.

Il leur faut quelques longues minutes pour revenir à la réalité. L'un comme l'autre sont un peu perdus, comme s'ils revenaient d'un long voyage. Leurs propos semblent incohérents, entrecoupés de rires brefs, après quelques pas titubants, ils se laissent tomber sur la pelouse dans les bras l'un de l'autre. Sans savoir pourquoi, leurs larmes se mêlent à leurs rires.

Étrange spectacle pour ceux qui passent, étonnés par ce couple à l'attitude bizarre.

Il est tard quand ils rejoignent son appartement.

Ils sont couchés, côte à côte, sur le lit.

Elle prendra l'avion du retour le lendemain matin en milieu de matinée. Elle veut profiter de ces quelques heures avec lui pour se dire tout ce qu'ils n'ont pas encore eu le temps de partager.

Avec urgence, comme si leur avenir en dépendait, leur discussion s'avance dans la nuit.

Elle lui dit ses angoisses liées à son traumatisme, sa déception de ne pas se sentir soutenue par ses parents dans sa recherche d'identité et mille autres secrets de jeune femme qu'elle n'aurait même jamais confiés à sa meilleure amie.

Il lui dit ses incertitudes, ses peurs dans sa quête d'identité. Son amour perdu, ses enfants loin de lui, ce pays qui lui est encore étranger et loin duquel il ne peut vivre. Il lui avoue ne pas être prêt à imaginer son futur. Il est en voyage mais ne sait pas encore vraiment où se trouve sa destination finale.

S'il y en a une, s'il y en aura une…

Leurs destins sont liés, c'est une évidence, mais pourquoi ?

L'aube les trouve endormis chacun de leur côté du lit. Les draps témoignent du calme de la nuit, le charme n'a pas été rompu. Il se lève le premier, la contemple, ferme les yeux pour graver dans sa tête son image et va dans la cuisine préparer le café.

Ils sont allés prendre leur phô, près du petit square, ont pris le temps de vider leurs bols, évitant de regarder leurs montres, profitant pleinement de l'instant présent. Leur conversation a été légère, entrecoupée de rires, de sourires.

Il souhaite l'accompagner à l'aéroport, mais elle refuse.

Elle n'aime pas les adieux.

Son taxi arrive. Ils s'étreignent longuement, sans un mot, sans rien d'autre qu'un regard intense au moment de se séparer.

Tandis que la voiture s'éloigne qu'il agite le bras une dernière fois, il sait qu'ils ne vont pas se revoir avant plusieurs mois. Son cœur se serre, chavire, son esprit est en désarroi.

Malgré la chaleur, il frissonne.

6

Retour vers l'ouest

Dans l'avion qui le ramène en France, il pense à ces mois vécus au Vietnam qui ont changé son existence.

Il y a trouvé une place.

Il n'ose pas encore dire sa place.

Le doute l'habite encore.

Il s'est décidé peu de temps avant Noël.

Redoutait-il de passer son premier Noël au Vietnam éloigné des siens ?

C'est une fête qu'il n'a jamais vraiment aimée. Sauf quand ses enfants étaient petits. Il aimait les voir tout excités décorer le sapin, ouvrir leurs cadeaux. Personne ne l'attend vraiment, il ne sait pas d'ailleurs ce qu'il va faire en sortant de l'aéroport de Roissy. Il a encore quelques heures pour y réfléchir et se décider.

Il n'a pas préparé ce retour.

Autour de lui, la plupart des passagers ont plongé dans le sommeil ou essaient de le trouver, abrités de la lumière des veilleuses par les masques qu'ils portent sur les yeux. D'autres visionnent des films, ou font les cent pas dans les allées de l'avion. Il s'est caché sous la couverture pour s'isoler. En général, cela l'aide à s'endormir, mais cette fois-ci, rien à faire, il reste éveillé, suivant une pensée puis une autre.

Il ne sait pas quand il reviendra, il a négocié avec Thi Châu qu'elle lui conserve son appartement en le louant seulement à la semaine pour des touristes, sauf s'il venait à s'absenter plus de trois mois.

Il a du mal à se projeter dans ce retour en France.

Retour vers quoi ?

Vers qui ?

Il reviendra chez lui, tout en songeant qu'il ne sait pas très bien ce qu'il y fera. Sans doute a-t-il précipité ce départ, sans savoir pourquoi il s'est imposé à lui.

Il devait partir.

Partir est peut-être la clé pour comprendre ce qu'il fait.

Partir d'ici pour aller là-bas.

Revenir, puis repartir.

Sans vraiment jamais se poser, ne pas se sentir d'ici ou d'ailleurs. Les valises toujours prêtes pour pouvoir s'échapper quand arrive brusquement l'angoisse de ne pas savoir d'où il est vraiment.

À Dong Hoi, il a trouvé une certaine stabilité, il s'y est fait des amis, des relations. Il s'y sent chez lui, enfin, presque. Ce besoin impérieux de retourner en France l'a pris au dépourvu alors qu'il se sentait bien comme il ne l'avait pas été depuis longtemps. Pas la peine qu'il se prenne la tête maintenant qu'il est en voyage avec cette décision. La raison de ce départ précipité finira bien par se révéler.

Il doit somnoler, mais il revit en songe cette rencontre avec son oncle, le frère aîné de son père, à Danang, en 1989. C'est à ce moment, qu'il avait ressenti que le Vietnam l'appelait.

La rencontre avec son oncle, ses cousins et cousines avait éveillé en lui quelque chose qui l'avait plus que troublé.

Sensation bizarre d'être des leurs, de ce pays.

Il se souvient maintenant de l'émotion qui l'avait submergé, engendrant en lui, un sentiment de panique. Il avait vite enfoui au plus profond de lui cet appel qui l'avait effrayé, paniqué.

Il l'avait étouffé.

Il n'était pas prêt à y répondre. Tout tendu qu'il était dans sa volonté d'être un Français qui a réussi. Femme, enfants, métier, business, à l'époque c'était son but. S'assimiler, s'intégrer, être reconnu dans cette France qu'il aimait même si cette dernière savait se montrer injuste avec lui. Il aurait pu rester un ou plusieurs jours de plus avec cette famille retrouvée, en apprendre davantage sur ses origines, l'histoire de son père…

Mais, il avait fui dès le lendemain…

Ses pensées s'égarent et le mènent à ce second voyage qui a tout déclenché, qui a bouleversé sa vie de façon irrémédiable.

Malgré toutes les incertitudes qui le tourmentent, il ne regrette pas le chemin qu'il a choisi de suivre depuis. Il ne pouvait pas passer le reste de sa vie à paraître celui qu'il n'était pas, qu'il n'était plus

À Roissy, sans réfléchir, il embarque dans un TGV qui descend dans le sud de la France.

Noël est dans quarante-huit heures.

Depuis le train, il téléphone à ses enfants. Ils sont surpris mais sont heureux et d'accord pour le recevoir. Ils habitent tous les deux près d'Avignon. Sa fille au Pontet et son fils aux Angles.

Le réveillon se passera chez sa fille, il dormira chez son fils.

Elle sera là aussi.

Il s'en doutait. La famille sera réunie pour la première fois depuis longtemps. Il est content, il sait qu'avec elle, cela se passera bien. Les retrouvailles seront peut-être plus délicates avec ses enfants. Il consentira les efforts nécessaires pour que l'esprit de fête ne soit pas troublé.

Il n'est resté que deux jours avec les siens, mal à l'aise, avec au fond de lui ce sentiment de culpabilité de les avoir abandonnés. Son séjour s'est bien passé pourtant. Les sujets qui divisent ont été évités sans difficulté, chacun goûtant la joie d'être de nouveau réuni.

Il a profité, trop peu, de ces retrouvailles, de ses enfants, petits-enfants, et d'elle.

Trop d'émotions difficiles à gérer pour lui. Il a eu peur que cela lui éclate à la figure, qu'il ne parvienne pas à maîtriser toutes ces sensations contradictoires qui s'entrechoquaient dans sa tête.

Comme à Danang, il y a longtemps, il a fui.

Halte en Pays de Paimpol

Le vent du nord souffle en rafales courtes qui le glacent jusqu'aux os. Il se hâte pour se mettre à l'abri dans le creux du chemin, le vent y est moins présent. Les nuages glissent sur la mer, une courte houle ourlée de blanc commence à se former. De là où il se trouve, il embrasse l'horizon à plus de 180 degrés. Pas un bateau sur l'eau, il faudrait être inconscient de sortir en mer par un temps pareil. Le soleil qui perce les nuages en cette fin de journée de janvier, les teintes d'un orange dont le reflet se réverbère dans les flots. Vite, il installe son trépied, y place son boîtier. La lumière est rarement de cette teinte. Le temps de cadrer, d'attendre le bon moment où la mer se pare jusqu'à l'horizon de cette couleur orangée, il déclenche une fois, vérifie la prise de vue au dos de son appareil. Il est satisfait.

Il jette un dernier coup d'œil au paysage marin, démonte son matériel et prend le chemin du retour.

Chez lui, il a allumé le poêle à bois pour réchauffer la maison. Déjà deux bonnes semaines qu'il est revenu chez lui. Il s'installe dans le salon, allume son ordinateur et vérifie sa seule photo de la journée. Cela valait la peine d'aller se geler sur la grève. Il allume la lampe, la nuit est déjà tombée. Il glisse un CD de

Souad Massi[4] dans le lecteur avant de reprendre place devant son ordinateur.

Il ouvre le dossier des photos faites à Noël et éprouve de la nostalgie. Ce Noël a été une réussite. Ses enfants ne lui ont fait aucun reproche, les petits-enfants turbulents et adorables ne l'ont pas lâché. Les conjoints de l'un et de l'autre ont été aimables avec lui. Tout le monde s'est montré prévenant, plein d'attention. Tout à la joie de les retrouver, il s'est retenu malgré tout, ne pas apparaître comme le père prodigue.

Elle, n'a pas changé.

Ils se sont retrouvés avec une tendresse pleine de regrets. Elle s'est rapprochée de leurs enfants et habite un petit village non loin d'Avignon, dans le Gard. Ils ont longuement discuté. Il lui a parlé de sa nouvelle vie à Dong Hoi.

De May Phuong. Il l'a juste présentée comme une relation lui précisant qu'elle avait organisé sa première exposition à Saïgon. À un léger raidissement de sa tête, il a senti qu'elle se doutait que cette femme était autre chose pour lui…

Elle vient souvent voir les enfants et joue la nounou régulièrement chez l'un ou l'autre. En partant, elle lui a demandé s'il voulait divorcer. À elle de choisir a-t-il répondu, lui voudra bien ce qu'elle décidera. C'est lui qui est parti, la laissant seule.

D'un sourire triste, elle lui a dit que rien ne pressait.

Il reste pensif devant la photo de famille affichée sur son écran. Il est heureux de ce Noël, et se dit qu'il a eu raison de revenir. Maintenant, il s'en veut d'avoir fui comme un lâche.

Il ne se cherche pas d'excuse, juste qu'il ne pouvait pas gérer ce trop-plein d'émotion.

Ou, peut-être, avait-il peur de la réalité.

---

[4] Souad Massi, chanteuse algérienne d'expression arabe

De sa réalité et de se perdre, encore…

Et si sa quête était vaine, si elle n'était qu'un leurre ?

En France, il avait sa famille.

Elle l'attendait.

Ils avaient encore des sentiments forts l'un pour l'autre. Peut-être a-t-il entrevu la possibilité d'un nouveau départ à deux. Est-ce cela qui l'a paniqué ?

Un message le ramène à la réalité. La photo d'un billet d'avion s'affiche sur son écran : Paris/Hanoï, puis quelques mots :

« Je pars demain pour longtemps, j'espère… Amitiés, Philippe ».

Il n'aura pas tergiversé longtemps pour repartir pense-t-il. A peine en retraite qu'il entame ce chemin de résilience. Philippe, ce grand gaillard qui dissimule au plus profond de lui sa douleur d'enfant sans famille, est l'une des plus belles rencontres qu'il ait faites.

Ce message le ramène là-bas à plus de 11 000 kilomètres.

Il revoit son appartement qui attend son retour, son quartier familier à Dong Hoi et ses nouveaux amis.

La mélancolie le gagne, partagé qu'il est, entre ses deux pays, ses deux vies.

Ici, la vie s'écoule au ralenti. La population vieillissante de cette région vit dans un quotidien ronronnant dont elle se plaint souvent. Population qui vit au rythme des saisons, des marées, de la pension que l'on touche chaque mois. Il ne souhaite pas être gagné par cette léthargie, il a encore besoin d'action. Joignant le geste à la parole, il enfile son blouson, ses chaussures de randonnée, sort et s'enfonce dans la nuit glaciale de l'hiver pour secouer cette langueur qui s'emparait de lui.

Au matin, il se hâte de rallumer le poêle, prépare un café qu'il boit presque brûlant, se dépêche de prendre quelques documents, s'installe au volant de sa voiture et file vers Paimpol. Le trajet ne dure qu'une quinzaine de minutes. Il est encore tôt, peu de monde sur le parking du supermarché devant lequel il passe. À l'entrée de la cité des Islandais, il prend à droite et va se garer sur le port près de la coopérative maritime. Il aime cette vue du port, la ville comme un écrin autour. C'est le cœur de Paimpol, sans lui, la commune ne serait qu'un bourg en sursis comme tant d'autres en France.

Après avoir réglé une formalité à la banque, il passe à l'étude notariale pour la signature de quelques papiers concernant ses biens. Il remonte la rue de l'Église, pour voir ce qu'est devenu son atelier. Il est devenu un point de vente pour des producteurs locaux qui proposent leurs fruits, légumes. Aucun regret, c'est bien, au moins le lieu est vivant.

À cette heure, la rue est déserte, les pavés humides et froids.

Les boutiques ne sont pas encore ouvertes.

Il s'arrête le temps d'un café au P'tit Bistrot, place Gambetta, où il est accueilli avec chaleur par le couple qui tient le lieu. Les habitués qu'il connaît ne sont pas encore là ou sont déjà partis.

Au retour, il s'attarde un instant place du Martray. Les maisons en pierre abritent, pour la plupart, des boutiques pour touristes ou des banques. Les rares commerces traditionnels ont presque tous disparu. La sculpture de métal qui trône sur la place se sent bien seule, il ne l'a jamais aimée, elle n'est pas adaptée à ce lieu, le dénature.

Il s'attarde, fait le tour du port comme il le faisait autrefois presque tous les matins. Quelques ostréiculteurs s'affairent sur leurs barges. Encore quelques pas jusqu'au feu de Kernoa, un dernier regard sur la baie, puis il se réfugie vite chez lui, presque en fuyant. Encore…

Impression bizarre, il s'est senti étranger dans cette ville où il a travaillé. Ses souvenirs de Paimpol lui paraissent estompés.

Il n'a pas croisé de visages connus pour le relier à cette cité, devenue pourtant son port d'attache pendant de longues années.

Le ciel est bas, le vent du nord continue de souffler en rafales. Il se hâte de nettoyer son jardin. Occupé à remplir un sac d'herbes qu'il vient d'arracher, il songe qu'il devrait faire appel à un jardinier pour un entretien régulier durant ses absences. Joignant le geste à la parole, il rentre et tapote le clavier de son ordinateur. Il trouve rapidement les coordonnées de différents prestataires, rendez-vous est pris avec l'un d'eux en début d'après-midi. Satisfait, il se rend dans les commerces du bourg. Il croise des voisins avec lesquels il échange quelques mots sur la saison, apprend les décès de quelques anciens.

Une question lui est posée :

« Reviendra-t-il habiter ici ou va-t-il vendre sa maison ? »

Il les rassure, sa maison n'est pas à vendre et il a toujours plaisir à revenir, même pour de courtes périodes. Il sait que dans les têtes d'autres questions attendent des réponses, mais il ne peut dire ce qu'il ne sait pas encore.

Un nouveau message de May Phuong l'attend.

Cela le remplit de joie. Ils ne se sont pas revus depuis son dernier séjour à Dong Hoi. Elle lui annonce son retour à Ho-Chi-Minh à la fin de la semaine.

Le sujet principal de son message semble concerner sa visite à Sainte-Livrade-sur-Lot.

Accompagnée de ses parents, elle s'y est rendue après les fêtes. Sa mère ne souhaitait pas y retourner, mais son père l'a convaincue de les accompagner.

Pour sa mère, les premiers instants furent une dure épreuve.

Plus rien ne coïncidait avec ses souvenirs, il ne lui restait aucun repère. La visite de la pagode qui n'avait pratiquement pas changé l'a aidée à reprendre pied. De nombreuses anecdotes lui revenaient en mémoire. Elle prit en main la suite de la visite, essayant de se repérer entre les longs bâtiments restés debout. Devant la chapelle, son émotion revint avec le souvenir des funérailles de ses parents. Elle cherchait le bâtiment de briques et de bois qui les avait abrités, mais il n'existait plus.

La quasi-totalité des vieux logements avait fait place à de petites maisons regroupées en plusieurs lotissements au début des années 2000. Ils avaient discuté avec les habitants. Des jeunes qui ne partageaient pas les mêmes souvenirs. Un couple leur a donné le nom d'une ancienne qui habitait dans le premier lotissement créé. Le jeune homme les a accompagnés. Hésitation devant la porte qui s'est ouverte sur une vieille Vietnamienne à la peau flétrie comme une pomme, vêtue d'un pyjama fleuri trop grand pour elle. Ils se sont assis pour partager le thé de bienvenue. La vieille était heureuse de cette visite, et mélangeait le français et le vietnamien dans ses réponses. Sa mémoire prenait la clé des champs rapidement. À un moment, elle a eu un éclair de lucidité :

« Loan, une gentille petite fille… »

À la lecture des panneaux d'information retraçant l'histoire de ce camp, May Phuong a essayé d'imaginer la vie de ceux qui étaient arrivés là un jour d'hiver, il y a longtemps.

« Ça m'a bouleversé, ça m'a pris aux tripes. Pas seulement à cause de ce qu'ont pu vivre tous ceux qui habitaient ici, comme ma mère et mes grands-parents, mais j'ai réalisé que c'est aussi mon histoire. Je suis heureuse de cette visite, j'en reviens plus forte. Merci mille fois. »

Puis arrive la raison essentielle de son message.

À la suite de cette visite, elle a trouvé le courage de parler à ses parents. Ce fut une épreuve. Elle ne trouvait pas les mots. Difficulté de partager ces souvenirs, d'accepter d'en parler, entre sanglots et cris, elle a pu se délivrer. Ses parents abasourdis par ce qu'elle leur confiait, l'ont réconfortée, l'ont assurée de leur soutien. Le lendemain, ils l'ont accompagnée pour déposer plainte au commissariat de Toulouse. Cette nouvelle épreuve fut difficile, mais pas insurmontable. Les fonctionnaires de police qui ont enregistré sa plainte ont fait preuve de tact et de sensibilité. Elle a pu se confier sans crainte d'être jugée. Une avocate, amie de la famille, spécialisée dans les violences faites aux femmes, va s'occuper de son dossier. Elle a un dernier rendez-vous avec elle, avant son départ pour le Vietnam.

« Je suis heureuse ! J'ai l'impression de renaître. Je me sens libre ! »

Elle le remercie pour sa patience, d'avoir supporté ses caprices et provocations. Elle l'embrasse, l'aime plus que tout, a hâte de le revoir bientôt.

La lecture de ce message l'émeut, il est heureux qu'elle ait trouvé le chemin de la résilience.

En peu de temps, May Phuong vient de parcourir un long chemin. Il est heureux pour elle et espère qu'elle va pouvoir enfin s'épanouir et vivre sans contraintes, sans peur, sans haine. Sa réponse est courte : « je t'embrasse, je serai toujours là pour toi, bon retour ». Songeur, il pense à tous ces destins de femmes brisées, de vies difficiles à reconstruire, beaucoup n'en ont pas la force ou ne peuvent faire autrement que subir. Il est tard déjà quand il songe à déjeuner, ce qu'il fait sans entrain.

Engoncé dans son gros blouson pour se protéger du vent d'est qui souffle en rafales, debout au pied de la pointe de Minard, le regard pointé au-delà de l'horizon où le gris du ciel se fond avec celui de la Manche, il se sent perdu. Il ne trouve pas la solution pour se départir de ce spleen qui le mine et lui ôte toute énergie. Il a essayé de sortir, de revoir des connaissances, mais il ne parvient pas à reprendre pied. Un peu comme les marins qui ont passé trop de temps en mer. Cela fait bientôt un mois qu'il est revenu. Il devrait avoir retrouvé ses marques, mais rien n'y fait. Le froid et le gris de l'hiver lui sont, maintenant, difficiles à supporter. Plus encore, ce calme présent partout, comme un linceul. Il aime cette terre de Bretagne, mais le contraste est trop fort avec le pays qu'il a quitté, ou peut-être est-ce son image vieillissante qu'il voit sur les têtes blanchies qu'il croise et qui l'effraie.

Le vol d'un goéland marin qui le frôle le ramène dans le temps présent. Il contemple une dernière fois le paysage gris et mouvant, avant de se décider à remonter en haut de la falaise. De retour chez lui, sans hésiter, il trouve rapidement un vol Paris/Hanoï, un billet de train de Saint-Brieuc à Roissy ainsi qu'une chambre d'hôtel proche de l'aéroport pour y passer la nuit avant de s'envoler. Il partira dans 48 heures. Il adresse un courriel à Thi Châu pour la prévenir de son retour. Depuis qu'il est revenu, il a essayé, en vain, de renouer avec sa vie d'avant. Il s'est retrouvé avec la tête prise au milieu d'une tempête sans fin. Il est comme un galet jeté sur la grève par la dernière marée et que la prochaine emportera plus loin. Il ne sent plus tout à fait d'ici et ne sait pas encore, s'il est de là-bas… La seule issue qu'il a trouvée pour répondre à ce mal être est de repartir. De fuir, toujours…

Retour vers l'est

Hanoï-Noibai.

Il n'est pas sorti de l'aéroport.

Il a pris le premier vol qu'il a pu trouver pour Dong Hoi et a prévenu May Phuong de son retour.

Avant de partir, il a prévenu par courriel, ses enfants et sa femme, qu'il retournait à Dong Hoi. Il n'a pas eu le courage de leur téléphoner ni de s'entendre dire des « *bon voyage* » empreints de reproches. Ce voyage ne l'a pas mis en joie, mais son esprit s'est calmé.

Son appartement n'a pas été loué.

Au vu de son départ précipité, Thi Châu s'était dit qu'il reviendrait vite et s'était refusé à chercher un autre locataire, même de façon temporaire. Elle ne s'était pas trompée.

Fatigué par le décalage horaire il n'a pas le courage d'aller dîner quelque part et s'apprête à se coucher quand on toque à sa porte. Thi Châu devinant sa fatigue du voyage l'invite à dîner chez ses parents, il la remercie avec chaleur. Au menu : beignets de crevettes, calamars à la vapeur, nouilles de riz, thé. Thi Châu s'exprime dans un anglais à peu près équivalent au sien, l'usage de la traduction automatique de leurs portables leur a permis de s'exprimer plus amplement. Ce partage lui a fait chaud au cœur, mais harassé, il ne s'est pas attardé et a vite rejoint son appartement.

Dong Hoi vibre de toutes parts à l'approche de la Fête du Têt.

Des cochons de toutes les formes, de toutes les couleurs ornent les carrefours, les commerces, les maisons. L'animal est présent partout pour annoncer l'année lunaire qui lui est dédiée. Chance, richesse et prospérité sont annoncées !

Peu importe la religion, tout le monde s'apprête à célébrer la fête du Têt. Paradoxe du Vietnam où tout se mêle, s'entrecroise, cohabite.

Depuis son retour, son moral est au beau fixe. Toute cette agitation et la douceur du climat participent à sa guérison.

Il est invité par beaucoup de ses nouveaux amis pour le Têt. Il aura le temps d'honorer toutes les invitations : la fête s'étale sur une semaine et même davantage.

Cette période est celle des congés pour beaucoup de Vietnamiens. L'occasion de revenir dans leurs familles. C'est un exode qu'il faut voir une fois. Les routes du pays sont parcourues par des millions de motos transportant familles entières, bagages et cadeaux. Le pays s'arrête quasiment de travailler pendant cette période. En dehors des grandes métropoles, ailleurs, les commerces, restaurants, bars vont être fermés pour une semaine, voire plus. Il devra faire le plein de provisions rapidement.

Il est seul sur la plage à goûter la douceur du soleil, la mer est calme. Il a parcouru plusieurs kilomètres sur le sable et arrive bientôt à hauteur des dunes qui se dressent de l'autre côté de la route. Il les aperçoit qui dominent les derniers hôtels. Quelques bateaux de pêche se détachent à l'horizon. Il revient sur ses pas, chaussures à la main, sac en bandoulière, les vaguelettes lui lèchent les pieds. Depuis son retour, s'il va mieux, il a comme un poids au fond de la poitrine qui l'empêche de profiter pleinement de chaque instant. Il a pensé qu'il ne faisait plus assez d'efforts physiques, c'est pourquoi il a entrepris cette longue marche aujourd'hui. Au fur et à mesure qu'il se rapproche de la ville, les couleurs se font plus chaudes, le soleil ne va pas tarder à se coucher derrière les montagnes que l'œil perçoit à une vingtaine de kilomètres. Il s'arrête, s'assied sur le sable et profite de cet instant où dans le couchant, les couleurs sont avalées par la nuit qui s'installe alors que simultanément, éclatent les néons multicolores des enseignes publicitaires qui parsèment la ville. Au loin, sur les flots, dansent les lumières vacillantes des bateaux de pêche au calamar.

Le regard perdu dans les flots, il songe à sa femme, ses enfants, ses petits-enfants, à May Phong aussi. Il aimerait les voir tous réunis, là, près de lui.

Peut-être est-ce leur absence qui le tourmente.

Il retrouve son scooter et passe devant Au Lac. Kien et Binh n'y sont pas. Il hésite, puis s'arrête à deux pas de chez lui, au S'Café pour se donner un coup de fouet en passant un moment au milieu d'une clientèle exubérante et insouciante.

Plus tard, il va dîner d'une soupe de bœuf. Moins de monde dans les restaurants, beaucoup commencent à rejoindre leur famille pour préparer les festivités. La patronne attire son attention sur la feuille collée sur la porte. L'établissement sera fermé pour une semaine à partir du lendemain.

Pendant les festivités du Têt, il n'a pas vu les jours passer.

Invité chez de nombreux amis, les journées ont été occupées à boire, manger, parler, chanter, enfin pas lui. Il a eu l'occasion de vivre des moments très forts partagés dans l'intimité de quelques familles où il est admis en tant que membre à part entière. Il a le titre d'oncle, de frère, de cousin et même de père suivant les personnes qui ont un lien privilégié avec lui. Il a pu réaliser de nombreuses photos pour remercier tout le monde, mais se profile également l'ébauche d'un projet photographique. Cela le rassure quant à sa capacité enfin retrouvée de se projeter dans l'avenir.

Malgré tout, son but ne sera pas atteint tant qu'il n'aura pas trouvé le point d'équilibre entre ses deux origines.

Au pays de son père, ce qui lui fait défaut, c'est l'existence d'un lien familial avec un membre de la famille ou d'un lieu qui lui serve de point d'ancrage.

Le seul lien qu'il avait de concret avec le Vietnam, la maison de son oncle, à Danang, a été détruite. Après le décès de ce dernier, ses enfants ont vendu la maison et d'autres biens puis sont partis rejoindre d'autres cousins aux USA lui a confié un voisin. Des membres éloignés de la famille paternelle vivraient-ils encore au Vietnam ? Comment et où les chercher ?

Il est comme un convalescent, guettant le moindre signe de progrès dans sa guérison. Il veut rester prudent, avancer pas à pas, telle est l'attitude qu'il s'oblige à suivre. Ne pas revenir en arrière pour ne pas se perdre.

Hué

Bientôt la mi-mars, la chaleur devient plus forte chaque jour. La ville reprend ses habitudes de la saison chaude. Les rues deviennent désertes en fin de matinée et reprennent vie vers 16 heures.

Il écrit souvent dans son carnet. Des notes sur des photos à réaliser dans tel quartier ou avec telle personne, mais aussi des choses plus personnelles, ses sensations, ses doutes.

Il passe beaucoup de temps sur Internet pour glaner le plus d'infos possible sur le Vietnam, son histoire, les ethnies, les coutumes. Tout ce qu'il peut apprendre sur son pays paternel l'intéresse et il le fait avec boulimie.

Son apprentissage du vietnamien s'est accéléré, Thi Châu lui a proposé son aide. En contrepartie, il l'initie au français. Ils se retrouvent presque tous les matins vers 8 heures et travaillent jusqu'à 10 heures, tantôt chez elle ou chez lui. Une session de vietnamien suivit d'une de français ou inversement.

Thi Châu demeure toujours une énigme. Elle ne dévoile rien de sa vie. Toujours aimable, s'occupant de ses parents, elle lui a juste dit qu'elle travaillait chez elle. Il n'a osé aucune question, ils ne sont pas assez intimes pour cela.

Il va interrompre ses cours de vietnamien, il va s'absenter quelques jours.

Bientôt 9 heures.

Il attend sur le trottoir le passage d'un bus qui le conduira à Hué. Pour ce voyage, il a juste pris un sac, quelques vêtements et son matériel photo.

Il part rejoindre Philippe qui lui a envoyé un message il y a trois jours pour lui dire qu'il se rendait à Hué. Il serait ravi de le retrouver là-bas pour passer un peu de temps ensemble. Il n'a pas hésité, heureux de revoir ce nouvel ami et curieux de savoir où en était sa quête de ses origines. Ils ont rendez-vous au Than Thien Hotel situé près du pont Truong Tien. Philippe y a réservé deux chambres.

Le voyage en bus couchettes a duré un peu plus de quatre heures pour rejoindre les deux villes distantes de 170 kilomètres. Il a eu de la chance, à Hué, le bus s'est arrêté près de la rivière des Parfums à 500 mètres de l'hôtel qu'il a rejoint à pied.

Philippe lui a laissé un message à la réception : il sera là entre 16 et 17 heures. Cela lui laisse le temps de s'installer et d'aller déjeuner.

Hué ne lui est pas inconnue.

Il y est venu plusieurs fois déjà. Il s'enfonce dans les petites rues derrière l'hôtel à la recherche d'un restaurant qu'il avait apprécié lors de son dernier passage. Il se souvient de délicieux *banh beo*, petits gâteaux de pâte de riz et de tapioca avec ail et crevettes séchées que l'on déguste avec quelques gouttes de sauce de poisson.

Il attend depuis quelques minutes dans le hall de l'hôtel quand Philippe y pénètre. Ils sont heureux de se retrouver. Philippe arrivé la veille, revient de la lagune qui se trouve à une quinzaine de kilomètres de la ville. Ils sortent de l'hôtel et prennent à gauche sur Duong Le Loi pour rejoindre un peu plus loin le

DMZ, un bar branché où se retrouvent de nombreux jeunes fortunés de la ville. Ils s'installent au deuxième étage, sur la terrasse. Ils ont une vue panoramique sur la rivière des Parfums sur laquelle voguent des bateaux à tête de dragon qui promènent les touristes. La nuit tombe rapidement et la ville s'illumine de toutes parts sous la débauche des enseignes multicolores et des lasers qui zèbrent le ciel.

Rien à voir avec Hué découverte en 1989.

Dans ses souvenirs, la ville était lépreuse, de nombreuses maisons en cours de restauration. Les stigmates des combats intenses étaient encore très présents. La plupart des bâtiments de la cité impériale étaient ouverts aux quatre vents, quelques-uns seulement pouvaient être visités. À l'époque, les touristes étaient rares, quelques Russes. Ils avaient passé leur séjour dans un hôtel tout droit sorti d'un catalogue de tourisme soviétique, aussi avenant que peuvent l'être ces constructions de béton aux proportions démesurées et pleines de vide.

Sur fond de musique sirupeuse, en buvant leur bière, Philippe lui dit son bonheur d'être au Vietnam. Cela fait deux mois qu'il est arrivé. Avant de venir à Hué, il a passé tout son temps à Hanoï. Par l'une de ses ex-relations de travail, il a trouvé un petit appartement non loin du Jardin botanique.

Son départ à la retraite a été un peu précipité.

Leur dernière rencontre à Hanoï a été déterminante. Après avoir rempli sa mission en Chine, dès son retour, il a annoncé qu'il cesserait toute activité en fin d'année. Son départ ne s'est pas fait sans crise au sein de son entreprise. La direction lui a proposé d'accomplir quelques missions pendant ses premières années de retraité. Sa réponse a été catégorique : non !

Le Vietnam est désormais son seul but.

Il a pris son parti concernant la vérité sur sa naissance, sur les circonstances qui l'ont mené en France.

L'important est ailleurs, ici.

Comme lui, il a besoin de fouler cette terre.

Revenir rapidement au Vietnam était un besoin viscéral.

Il y a trouvé un certain équilibre. Peut-être est-ce dû au fait qu'il soit plus à l'écoute de ses désirs, qu'il ressent mieux les choses qui l'entourent.

Il sourit en entendant son ami s'exprimer ainsi. Il se reconnaît.

Tout ce que Philippe lui dit, lui-même l'a vécu. Il parle peu, laisse Philippe lui décrire « son Hanoï ». Bien qu'y étant resté près de deux mois, il ne s'est guère hasardé au-delà du centre. Certains quartiers peuvent être difficiles à explorer, de véritables villages ethniques, dans et hors de la métropole. Avec son physique, Philippe ne passe pas inaperçu. Il y serait un phare au milieu de l'océan.

Il lui faudra sans doute encore du temps pour qu'il puisse revêtir sa deuxième identité et parvenir à se fondre dans la population vietnamienne.

Savoir laisser choir ses habits, sa pensée d'Occidental, savoir se mettre à nu comme l'enfant qui vient de naître pour revêtir cette nouvelle peau. Comprendre les codes du pays n'est pas chose aisée et à la portée de tous les métis qui font ce voyage initiatique.

Ce pays qui est en eux, gravé dans leurs gènes, qu'il leur faut apprendre à connaître et à se reconnaître en lui, ils doivent avant tout en trouver les clés pour le comprendre et se l'approprier.

C'est un cheminement au long cours qu'il leur faut entreprendre en choisissant avec discernement leur voie, sans rejeter ce que la France leur a donné. Si leur pays natal ou d'adoption n'a pas su, en partie, les reconnaître dans leur identité, il leur a permis de devenir les femmes et les hommes qu'ils sont aujourd'hui.

Comme le Vietnam, la France est ancrée en eux.

Il faut du temps, beaucoup de temps, pour trouver ce point d'équilibre entre leurs deux faces. Philippe est sur la bonne voie, peut-être y parviendra-t-il avant lui.

Plus tard, ils se rendent au Anh Binh, près de l'hôtel.

Il décrit à Philippe son voyage en France, Noël en famille, et puis cette impression d'être perdu chez lui, en Bretagne.

Évoquer ce voyage fait poindre chez Philippe un brin de nostalgie. Il y a longtemps qu'il passe les fêtes de fin d'année seul. Pour chasser ce vague à l'âme qui s'invitait, il entraîne Philippe au premier étage, celui du karaoké.

Les bières et l'alcool de riz ont coulé tard dans la nuit.

Ils se retrouvent le lendemain matin à l'heure du petit déjeuner. Menu uniquement vietnamien et surtout, café vietnamien : *cà phê đen* très fort, mais nécessaire. La soirée de la veille a laissé des traces sur leurs visages et dans leurs têtes.

Aujourd'hui, ils ont prévu de visiter la cité impériale. Philippe ne s'y est jamais rendu, lui l'a visitée plusieurs fois. Curieux, avide de découvrir les lieux, Philippe le distance.

Lui prend son temps.

Il s'attarde, observe les moindres détails, comme s'il voulait trouver des indices qui lui permettraient de le relier à sa famille paternelle. Au fond de lui, il sait que cette quête sera vaine, comme lors de ses précédentes visites, pourtant il s'obstine. Il sort son téléphone et affiche la photo de son grand-père, essayant de trouver une ressemblance avec les salles, les jardins qu'il visite et le cadre devant lequel a été photographié le vieil homme.

Il suppose que son père et son grand-père ont pu venir dans ces lieux.

Il ne peut qu'imaginer d'après de vagues souvenirs que son père lui a confiés.

Souvenirs d'un adolescent de 17 ans, devenus flous avec le fil des ans.

Au cours de ses différentes visites, les bribes de souvenirs de son père s'imbriquent dans les histoires qu'il s'invente en déambulant à travers la Cité Impériale.

Il fait vivre son grand- père au temps de la splendeur de Hué. Il le voit parmi les mandarins entourant le dernier empereur. Ailleurs, il l'imagine marchand, dirigeant une flottille de bateaux qui vont et viennent sur la rivière des Parfums. Près des douves, parmi les cabanes et abris de fortune, il le voit bon samaritain, visitant les pauvres.

Là près de ce bassin où se dressent des dragons de pierre, il devine son père, enfant, essayant de chevaucher ces créatures fantastiques.

Il perçoit son rire.

La tête lui tourne, il range le téléphone dans sa poche après un dernier regard à cette photo qui ne le quitte jamais et va s'asseoir sur un banc à l'ombre d'une allée.

Il ne sait plus très bien si ces souvenirs sont réels ou nés de son imagination.

La réalité y existe en partie, peut-être.

Il est sorti de l'enceinte depuis un bon moment et attend son ami sur le trottoir, le dos appuyé au tronc d'un arbre.

Philippe arrive enfin, ravi de cette visite. Il n'était pas au courant qu'une partie des bâtiments avaient été restaurés récemment. La chaleur étant supportable, ils reviennent à pied vers la Hué moderne. Ils s'attardent un peu sur le pont Truong Tien à regarder les bateaux qui promènent les touristes sur la rivière des Parfums. De parfum, elle n'en a plus que le nom. Aujourd'hui, comme tous les cours d'eau du Vietnam, elle est atteinte par la pollution.

Il se souvient, en 1989, il n'y avait que des bateaux de pêche et les barques des habitants. Les lieux étaient paisibles, sans touristes, sans plastique et sans rejets polluants venant souiller la rivière.

« Philippe, je me souviens, en 1989, lors de ma première visite, avec mon ami journaliste, nous avions pris une barque pour nous rendre à la pagode Thien Mu. Le frêle esquif glissait sur la rivière à la seule force des rames actionnées par les pieds de la rameuse, spectacle de plus en plus rare aujourd'hui. Je n'avais pas fait attention à elle. Abritée sous son chapeau conique, foulard sur le visage, ses traits étaient cachés. Au retour de notre visite, elle nous attendait en disputant une partie de cartes avec des amies. Son visage n'était plus dissimulé, seulement abrité du soleil sous son chapeau. Elle m'avait fixé droit dans les yeux, sans baisser son regard, certaine de son charme, de sa beauté. Je n'avais pu détacher mon regard du sien. Bien que troublé, j'ai réussi quelques photos. Elle n'a pas baissé la tête devant l'objectif, au contraire, elle s'est offerte avec fierté… Elle était sublime, altière. Je n'oublierai jamais cet instant. »

D'une tape sur l'épaule et hochant la tête, Philippe l'entraîne à poursuivre leur chemin. De retour à l'hôtel, ils se donnent rendez-vous vers 11 h 30 pour déjeuner.

Philippe envisage de se rendre dans la province du Dak Lak. Il souhaite tout voir du Vietnam, connaître le plus de choses de son pays. Il n'a pas de projet précis. La seule chose dont il est certain, c'est qu'il ne pourra plus jamais vivre loin de ce pays sans y revenir régulièrement. Ils ont ce point commun, le Vietnam est entré dans leur vie comme un ouragan. L'après-midi, ils partent à vélo à la découverte du pont japonais de Thanh Toan. La balade est agréable au milieu des rizières, c'est aussi l'occasion de prendre quelques photos des paysans qui y travaillent. Ce pont, moins connu que celui d'Hoi An, est plus authentique. Pas de foule qui s'y presse. Quelques lycéens ou collégiens en ont pris possession, et leur demandent de faire des selfies avec eux. La conversation s'engage. Deux jeunes parlent anglais. Ils passent un bon moment avec ces adolescents qui leur ont posé beaucoup de questions sur la France qui représente pour eux un pays de cocagne. Ils vont dîner chez Madame Thu, non loin de l'hôtel. Philippe a décidé de partir dans deux jours et aimerait visiter les tombeaux royaux le lendemain. Il lui servira de guide. Sur le chemin du retour, il reçoit un texto. May Phuong lui demande de la rejoindre rapidement à Saïgon, sans autre explication. Ce message le rend euphorique et interrogatif. Que veut-elle ? Philippe lui demande s'il est amoureux ? Non lui répond-il, leur relation n'est pas de cet ordre.

Ce message bouleverse ses projets. Il s'excuse auprès de son ami. Il partira le lendemain pour Ho-Chi-Minh. Ils finissent dans un bar, prétexte pour boire quelques verres d'alcool de riz avant de se séparer.

De retour dans sa chambre, il prévient May Phuong qu'il arrivera en fin de matinée par l'avion de 12 h.

7

Saïgon, le retour

Ils se sont retrouvés pour le petit déjeuner avant de se quitter. Philippe a tenu à l'accompagner à l'aéroport.

Dans l'avion, placé à côté du hublot, il ne regarde pas le paysage. Ce message l'intrigue. Rien de grave, sinon elle le lui aurait dit. Il a hâte d'arriver pour savoir ce qui se passe.

À l'aéroport, il est vite dans le hall de sortie. Elle n'a pas répondu au message qu'il lui a envoyé cette nuit, elle doit l'attendre. Il la cherche des yeux, ne la trouve pas, commence à se poser des questions quand elle apparaît à l'entrée.

Élégante, dans une robe blanche qui lui sied à merveille, elle irradie de beauté, tous les regards convergent vers elle. Elle se précipite dans ses bras, il la serre tendrement contre lui, les regards s'attardent sur eux. Sans doute les retrouvailles de deux amants, sourires, regards insistants leur sont adressés. Eux ne voient rien de ce qui se passe, tout à la joie de se retrouver.

La chaleur le saisit sur le trottoir, l'air est brûlant. Ils prennent un taxi pour aller déjeuner dans un restaurant proche de la galerie. Devinant son impatience, devant une salade de papaye verte et crevettes, May Phuong lui demande d'être patient.

« Demain nous irons à Vung Tau, tu sauras pourquoi je t'ai demandé de me retrouver. » Il est abasourdi.

Qu'a-t-elle manigancé ?

May Phuong se contente de lui sourire et lui donne les clés de son appartement. Elle le rejoindra vers 17 h. au plus tard. Au moment où arrive le taxi qu'elle lui a commandé, elle s'approche, l'embrasse sur la joue avec tendresse.

Dans l'appartement de May Phuong, rien n'a changé.

Il va pénétrer dans sa chambre quand par la porte ouverte de celle de May Phuong, il voit au-dessus du lit l'une de ses photos de l'exposition.

C'est sa préférée, le portrait d'une vieille femme de l'ethnie Nung en noir et blanc qu'il a faite il y a deux ans environ. May Phuong ne lui avait pas dit qu'elle l'avait achetée. En réfléchissant, il se souvient bien avoir perçu la somme correspondant à la vente de cette photo, mais le nom de May Phuong n'était pas indiqué. Un mystère de plus à éclaircir ce week-end.

Après s'être douché, allongé sur le lit, il réfléchit à ce voyage plein de surprises.

Pourquoi aller à Vung Tau ? Qu'a-t-elle donc en tête, que veut-elle lui annoncer, ou qu'a-t-elle prévu ?

Il s'était assoupi, elle l'appelle depuis le séjour.

Au cours du dîner, elle lui parle de sa visite à Sainte-Livrade-sur-Lot.

Elle est heureuse que ses parents soient venus avec elle. Comme elle le lui avait écrit, ce fut un moment difficile pour sa mère.

Grâce à elle, May Phuong et son père ont pu s'imaginer ce qu'avait dû être la vie de ces Indochinois français, celle de ses grands-parents et de sa mère.

Une vie de renoncements, de brimades, d'humiliations, presque d'asservissement.

Une vie à essayer de survivre, à espérer un avenir loin de leur pays perdu, loin du rêve promis, de la terre promise.

Ils ont su pardonner quand on a voulu les perdre, les annihiler.

Leurs enfants, à de rares exceptions, se sont fondus dans la nation française. Ils sont devenus invisibles, composant avec ce mal qui se réveille de temps à autre. Douleur sourde qui vient vriller leur esprit, déchirer leur cœur, et les laisse mélancoliques.

Le souvenir de cette visite est ancré en elle de façon indélébile.

Elle en est encore bouleversée.

La douleur qu'elle éprouve est aussi vive qu'une brûlure.

Elle revient sur un fait qui l'indigne et qui l'avait indigné également. Après avoir reconstruit et réaménagé le camp, au début des années 2000, les autorités compétentes ont demandé aux villageois du centre de leur soumettre des noms pour nommer les nouvelles rues et places. Ils ont soumis une liste comportant des noms français et vietnamiens. Aucune rue, aucune place n'a de nom vietnamien. Rien pour se souvenir d'où ils sont venus. Comme si la volonté de l'administration française était de gommer, avec le temps, l'existence de ce camp et de ceux qui y ont vécu. Comme si ceux qui sont venus ici et leurs descendants n'étaient rien. Rien d'autre que des Français de seconde classe ou même moins dont le souvenir n'est pas acceptable.

La colère est dans sa voix, dans ses yeux qui se remplissent de larmes.

Ses grands-parents et bien d'autres ont tout donné pour la France, jusqu'à choisir d'être Français. Ils sont venus en métropole après la défaite française de Diên Biên Phu, certains par opportunisme, beaucoup par fidélité. Comme lui cette injustice, ou plutôt ce mépris de la nation à leur égard, la révolte.

Chez elle, ils continuent leur discussion, face à face, chacun à l'une des extrémités du canapé, dans la pénombre relative du séjour, que seule les lueurs des réverbères éclaire. Aucun bruit ne vient troubler la quiétude de leur cocon.

Ils se sont tus, chacun perdu dans ses pensées. Ils boivent leur thé au jasmin en silence puis, doucement, reviennent à la réalité.

Elle s'est rapprochée de lui, l'air grave. Elle soupire et sans prévenir, May Phuong lui annonce qu'un procès aura lieu concernant son viol. Elle parvient maintenant à nommer ce qu'elle a vécu. La procédure est en cours. Son violeur a été retrouvé facilement et contre toute attente, a avoué. Peut-être le poids de son acte était-il trop lourd à porter ? Elle ne sait pas si elle aura le courage d'aller assister au procès. Elle a le temps de se préparer à ce rendez-vous.

Elle lui a dit tout cela sans émotion apparente mais elle est épuisée à la fin de son récit. Il la prend dans ses bras où elle se réfugie comme une enfant.

Plus tard, il lui parle de la photo vue dans sa chambre.

« C'est une de mes amies qui me l'a offerte, elle savait que j'aimais beaucoup ce portrait. Elle passe régulièrement à la galerie et je lui en avais parlé plusieurs fois. Elle tenait à me l'offrir en remerciement d'un service que je lui ai rendu. »

Hasard ? C'est la photo qu'il préférait de toutes celles exposées.

Le lendemain matin, ils se lèvent à 6 h. Le taxi viendra les prendre à 7 h 30 de façon à éviter les bouchons pour quitter la ville. Ils se hâtent. Lui n'a pas grand-chose, il est venu avec peu d'affaires. Il revêt une chemisette bleu clair oubliée lors de son dernier séjour et un pantalon en lin acheté la veille avant de gagner l'appartement de May Phuong. Elle sort de la salle de bain dans une robe vert amande, avec juste un soupçon de maquillage sur son visage, toujours élégante.

Réunion de famille à Vung Tau

Le taxi arrive à l'heure dite. Ils quittent sans encombre la ville peu active en ce dimanche matin. Durant le trajet, elle lui reparle de sa visite au CAFI. De retour à Toulouse, elle a fouillé de nouveau dans les affaires de ses grands-parents maternels conservées par sa mère. Elle y a retrouvé des lettres, dont une qui a retenu son attention bien qu'elle ne puisse la déchiffrer. Elle provenait de Cap Saint-Jacques devenu Vung Tau. Il y avait un nom. À son retour de France, elle a donné une copie de la lettre à un ami d'Ho-Chi-Minh ayant de nombreuses relations. Elle lui a demandé d'enquêter pour savoir si cette personne avait des descendants.

La réponse n'a pas tardé pas à venir.

Le nom indiqué sur la lettre est le pseudonyme d'une femme.

Celui d'une héroïne de la nation, engagée dès l'âge de 14 ans dans la lutte anticoloniale, puis dans celle contre les Américains.

Elle avait coupé tout contact avec sa famille le jour où elle avait rejoint les forces de libération. Elle a eu la chance de traverser indemne ces années de feu et de vivre celles de la paix. Elle a eu une fille, Thi Ngoc, qui n'a pas connu son père. Un partisan disparu au combat quand elle avait 4 ans.

C'est elle qu'ils vont voir à Vung Tau.

May Phuong lui a dit tout cela d'une voix rauque, pleine d'émotion, elle tourne son visage du côté de la vitre, essuyant une larme naissante.

S'il comprend l'émotion de son amie, il se demande ce qu'il vient faire. Peut-être qu'elle n'aurait pas eu le courage d'effectuer seule cette visite.

Ils restent silencieux jusqu'à leur arrivée à Vung Tau.

Il leur faut encore une dizaine de minutes, le temps de traverser presque toute la péninsule, pour parvenir à un quartier plus calme, non loin du boulevard Nguyên An Ninh. Le chauffeur hésite un moment avant de les laisser près de la rue Ngô Duc Kê et de leur indiquer la direction à prendre pour qu'ils parviennent à destination. Ils quittent la fraîcheur de la voiture pour se retrouver sous un soleil ardent.

Elle lui a pris la main et la garde dans la sienne jusqu'à ce qu'ils parviennent devant une maison protégée par un mur de briques rouges et un portail métallique noir. Un grand arbre projette son ombre sur la façade, la maison est récente. Il sent la main de May Phuong serrer la sienne avec force quand elle appuie sur la sonnette. Le portail s'ouvre rapidement. Une petite femme svelte qui a entre 50 et 60 ans, vêtue d'un ensemble pantalon et chemisette bleu ciel, les accueille en souriant.

Sur le seuil de la maison, les salutations s'échangent entre curiosité et interrogation.

May Phuong fait les présentations. Thi Ngoc et elle poursuivent brièvement les politesses d'usages avant que la maîtresse des lieux les invite à entrer.

Les premiers moments de surprise passés, May Phuong et Thi Ngoc discutent comme de vieilles amies. Elles se connaissent un peu depuis leur premier entretien téléphonique. D'autres ont permis de tisser le début d'une relation plus étroite.

La pièce est vaste et meublée simplement : un grand meuble et deux grandes banquettes de bois rouge, une télévision imposante sur un meuble bas incrusté de motifs en nacre et une grande natte au sol.

Thi Ngoc les invite à partager le thé de bienvenue ainsi que des litchis qu'elle a déposés dans une coupe.

Assise face à eux, Thi Ngoc les dévisage avec curiosité, puis elle raconte.

Ses paroles sont empreintes d'émotion, parfois sa voix se fêle.

May Phuong les yeux fixés sur elle, très concentrée, l'interrompt régulièrement afin de traduire son récit en français pour qu'il comprenne.

Nga, la mère de Thi Ngoc, était née dans la région de Hué.

Elle avait une sœur et un demi-frère né du premier mariage de leur père. Devenu veuf à la naissance de son fils, leur père s'était remarié de longues années après. À l'âge de 16 ans, Nga rejoignit la lutte contre les Français. Futée et téméraire, elle joua le rôle de messagère entre les différents groupes de résistants de la région de Hué, puis de Tourane (devenue Danang). Par la suite, recrutée par le Viet Cong (Front national de libération du Sud Vietnam), elle continua sa mission dans Saïgon, avec pour couverture un emploi de serveuse dans différents bars où se rendaient les soldats américains.

Thi Ngoc se tait, remplit à nouveau les tasses de thé. Chacun reste muet, un silence respectueux envahit la pièce, comme un hommage à Nga.

May Phuong montre des signes de fébrilité, l'ambiance se fait plus lourde, solennelle. Il se sent mal à l'aise, des gouttes de sueur perlent sur son front. Il pressent qu'un événement important va se produire.

May Phuong, dans un chuchotement, s'adresse à Thi Ngoc qui se lève et saisit sur le meuble une grande enveloppe jaunie. May Phuong se tourne vers lui, ferme les yeux un instant, le regarde, prend ses mains dans les siennes :

« Nous allons enfin savoir… »

Il se tait, attend avec impatience, que va-t-il savoir, que vont-ils savoir ?

Thi Ngoc saisit l'enveloppe posée sur ses genoux, ses mains s'y cramponnent comme par peur de la perdre. Elle l'entrouvre délicatement et en sort avec précaution trois photos qu'elle dispose sur la table face à elle.

Elle leur désigne la plus petite en noir et blanc qu'elle tourne vers eux.

On y voit un jeune couple avec un petit enfant.

Thi Ngoc parle, sa voix s'étrangle et détourne le visage.

May Phuong traduit :

« C'est l'unique photo de Thi Ngoc avec ses parents, elle avait 2 ans ».

Thi Ngoc leur montre une seconde photo qui représente sa mère lors d'une cérémonie militaire à Ho-Chi-Minh en 1978. Elle y a été décorée en tant qu'héroïne de la nation.

Enfin, comme si elle leur présentait un trésor, Thi Ngoc saisit la dernière photo, d'un format plus grand que les précédentes, la retourne et la pousse vers eux du bout des doigts.

D'un même geste, ils se penchent pour l'examiner avec attention.

Ils y voient un homme âgé d'une quarantaine d'années en habits traditionnels noirs, entouré d'une jeune fille en *ao daï* blanc, de 18 ans peut-être, et d'une adolescente en robe blanche, de 14 ou 15 ans.

Il prend la photo, la retourne.

Une date y est indiquée, seule l'année est lisible : 1946.

Il repose la photo sur la table, interrogatif. En quoi cela le concerne-t-il ? May Phuong, qui s'est saisie à son tour de la photo, l'examine longuement, interroge Thi Ngoc du regard. Celle-ci prend la photo d'une main et avec un doigt montre tour à tour l'homme, la jeune fille et la fillette.

En désignant l'homme, elle l'a pointé du doigt, en montrant la jeune fille, son doigt désigne May Phuong.

Il est perdu, ne comprend pas vraiment qui représente cette photo, ou peut-être le devine-t-il et ne veut pas comprendre. Son regard cherche celui de son amie pour trouver la réponse, mais ne le trouve pas. May Phuong, la tête entre les mains, pleure. Thi Ngoc est secouée de sanglots et clame des mots qu'il ne comprend pas.

Le temps semble s'être arrêté en 1946.

May Phuong, les yeux embués de larmes mais ayant repris en partie le contrôle d'elle-même lui désigne l'adolescente. C'était la mère de Thi Ngoc à l'âge de 14 ans. Puis son doigt pointe sur la jeune fille :

« C'était ma grand-mère à l'âge de 17 ans ».

Les deux sont sœurs.

Son cœur palpite de plus en plus fort, le dénouement est proche, une foule de questions sont au bord de ses lèvres. May Phuong ne lui laisse pas le temps d'en poser une seule.

Elle lui demande de chercher la photo de son grand-père dans l'album de son téléphone. Elle sait qu'il a toujours cette photo avec lui.

Il est abasourdi. Comme un automate, il obéit.

Il la trouve rapidement.

May Phuong place la photo sur le téléphone à côté de l'homme sur la photo et d'une voix précipitée lui ordonne :

« Regarde, regarde bien, il doit s'agir de ton grand-père ! »

Ses idées se brouillent, il ne sait plus très bien ce qui se passe, ce qui se dit. Il est près de défaillir. Les deux femmes l'entourent, l'aident à calmer son émotion. Elles ne cessent de parler entre rires et larmes. Elles s'accrochent à lui comme pour ne pas le perdre. Reprenant peu à peu ses esprits, il scrute tour à tour les deux clichés. La forme du visage, la barbe en pointe, brune sur le tirage papier, blanche sur celle du téléphone, le même regard, les traits sont identiques, le doute s'estompe. C'est bien son grand-père !

Pour le reste, c'est May Phuong qui l'a appris à Thi Ngoc.

La lettre qu'elle avait trouvée à Toulouse, écrite en vietnamien, était incompréhensible. Des phrases, des mots qui ne semblaient avoir aucune cohérence et pour cause, la lettre était codée.

Nga n'avait pas disparu pour tout le monde, elle était restée en contact avec sa sœur. Durant de nombreuses années, les deux sœurs ont communiqué grâce à un langage codé. Nga avait transmis à Yên, la grand-mère de May Phuong, les sources de cryptages.

Ces informations lui ont été transmises par son ami qu'elle avait sollicité au sujet de cette fameuse lettre.

Après un premier contact téléphonique avec Thi Ngoc, d'autres ont suivi.

En confiance, Thi Ngoc lui a envoyé plusieurs copies de photos, dont le fichier numérique de la fameuse photo. May Phuong y a bien reconnu sa grand-mère.

Comment a-t-elle découvert que l'homme, Nguyên Van Thoï, est bien son grand-père ? Là encore, elle a fait jouer ses relations.

Au départ, elle ne savait pas que l'homme de la photo était le demi-frère des deux filles. Encore une fois, c'est la célébrité de

Nga qui a permis de faire le lien. Si le régime communiste met en avant ses héroïnes et ses héros, il sait tout de ce qui les concerne ainsi que les membres de leurs familles. Cet homme né d'un premier mariage, en naissant, avait perdu sa mère. Son père s'est remarié bien plus tard et a eu ses deux filles. Dans les archives, il y avait des informations concernant Nguyên Van Thoï, qui a eu trois enfants, dont le dernier, Dinh. Il était indiqué que le dénommé Dinh avait été enrôlé dans les forces françaises en 1940. Des lettres de France qu'il envoyait à son père avaient été recopiées ou interceptées par les services de renseignements vietnamiens. Il y était question de sa famille en France, de sa femme Lucette, de la naissance de son fils, puis de la naissance de sa sœur. Bien sûr, les adresses de Dinh avaient été consignées.

May Phuong avait fait le rapprochement avec ce qu'il lui avait dit au cours de leurs différentes rencontres. Elle était certaine qu'ils étaient du même sang. C'est alors qu'elle lui avait envoyé le message lui demandant de la rejoindre.

La concernant, l'itinéraire de sa grand-mère Yên a été suivi jusqu'à son départ pour la France en 1956. Son mariage, son emploi à Saïgon, la naissance de Loan, tout était consigné dans les rapports.

L'émotion est trop forte. Son esprit s'embrouille, gorge nouée, il n'entend plus rien. Une vague puissante monte en lui, lentement, le paralyse. Cela lui semble invraisemblable. Lui qui n'avait plus de famille au Vietnam, le voici avec deux cousines éloignées, mais cousines quand même !

Les deux femmes acceptent pleinement cette version, elles n'ont aucun doute. Elles s'embrassent, l'embrassent, parlent fort pour cacher leur émotion. Lui reste là, pantelant, incapable d'éprouver, d'exprimer, un signe de joie.

L'émotion et le bonheur d'avoir trouvé un, deux liens tangibles qui le rattachent réellement au Vietnam le submergent.

Pourquoi douterait-il de ce que lui a dit May Phuong ?

Enfin, reprenant peu à peu ses esprits, les yeux remplis de larmes de joie, il enlace ses cousines, les embrasse à tour de rôle.

Bonheur de se trouver une famille, de trouver sa famille, de se retrouver en famille.

Une fois l'émotion apaisée, il leur faut du temps pour intégrer réellement cette nouvelle qui les unit. Si avec May Phuong ils se connaissent bien, il leur faut faire plus ample connaissance avec Thi Ngoc.

Ils auront toute la soirée pour cela.

Thi Ngoc se confie avec réserve. Elle est seule, son fils unique vit et travaille à Ho-Chi-Minh, où il est professeur de mathématiques. Il est marié et a une fille. Elle n'en dit pas plus, soudainement mutique.

May Phuong tente de savoir ce qu'est devenu son mari, sans succès. Thi Ngoc élude la question, peut-être craint-elle d'avoir déjà trop parlé.

Elle leur propose de les héberger pour la nuit, ils acceptent volontiers. Ils dînent non loin de là et passent leur première soirée en famille.

Ils ont beaucoup parlé, peu mangé.

Thi Ngoc voulait tout savoir d'eux, leur vie en France, ce qu'ils font au Vietnam. De retour chez elle, la conversation s'est éternisée, mais Thi Ngoc n'a rien dévoilé de sa vie.

Ils se sont couchés à l'aube, chacun dans une chambre au premier étage.

Il s'est endormi sans même s'en rendre compte, épuisé par toutes ces révélations.

Il est plus de neuf heures quand il se réveille.

La maison est silencieuse.

May Phuong et Thi Ngoc dorment encore. Il repense aux événements de la veille. Il a encore du mal à y croire. Ses sentiments sont partagés entre le bonheur d'avoir trouvé le fil qui le relie à son pays paternel et la crainte que cela ne soit pas l'exacte vérité. Cela lui paraît trop simple, trop facile, alors qu'il a remué ciel et terre pour trouver un indice familial après le décès de son oncle de Danang.

Lui et May Phuong sont issus de la même famille, voilà sans doute ce qui explique leur relation étrange. Le lien du sang s'est révélé avant même qu'ils le découvrent.

Bien des questions viennent se télescoper dans sa tête.

May Phuong et Thi Ngoc se réveillent presque en même temps. Ils prennent un thé et déjeunent de quelques fruits. Subsistent encore bien des questions sans réponses. Le seul fait tangible est qu'ils sont bien cousins, cousines, aussi incroyable que cela puisse l'être.

En fin de matinée, il fait part à May Phuong de son désir de partir, de quitter Thi Ngoc pour pouvoir respirer. Il n'en peut plus, il est fatigué, ne se sent pas très bien, le trop plein d'émotions le rend malade. Diplomate, May Phuong prolonge encore leur présence une bonne demi-heure avant de prévenir Thi Ngoc qu'ils doivent partir.

Les adieux s'éternisent, ils se promettent de se revoir rapidement, ici ou à Ho-Chi-Minh. Après une dernière étreinte, ils laissent Thi Ngoc sur le seuil de sa maison lui promettant de se revoir bientôt et regagnent le boulevard où ils prennent un taxi.

Dans la voiture qui les conduit à l'hôtel où ils étaient descendus quelques mois plus tôt, ils jouent à s'appeler « cousin, cousine », comme deux gosses. À l'hôtel, ils partagent la même chambre avec deux lits. Ils ont tant de choses à se dire, à trouver les réponses aux questions qu'ils se posent, s'ils y parviennent.

Ils n'ont pas faim, n'ont pas déjeuné.

Sur la plage, assis à l'ombre d'un palmier, les yeux rivés sur la mer de l'Est, chacun d'eux est perdu dans ses pensées, revivant le cours de ces dernières heures.

Si May Phuong a été mise au courant avant lui, de cette information capitale, cela restait abstrait pour elle, jusqu'au moment où la révélation a été connue d'eux trois. Depuis quelques semaines, elle avait connaissance de cette information, mais subsistait un doute, aujourd'hui levé.

Il s'est assoupi, fatigué nerveusement et physiquement.

Quand il se réveille, May Phuong n'est plus à ses côtés. Seuls restent ses vêtements et son sac. Assis sur le sable, il la cherche du regard et finit par la deviner au loin, en train de nager. Un sourire éclaire son visage, une bouffée de bonheur l'envahit.

Il part la rejoindre en courant et en hurlant :

« Ohé ! Cousine ! »

L'homme de l'ombre

La première chose qu'ils ont faite en rentrant à Saïgon fut de prendre rendez-vous avec Hoà, l'ami de May Phuong. Ils l'ont rencontré dans un bar du quartier n° 1 le mercredi matin qui a suivi leur retour. Il leur a fixé rendez-vous deux jours plus tard au même endroit à 10 h 30.

Ils se sont retrouvés comme prévu. Hoà leur demande de le suivre non loin de là dans un bâtiment sans nom, anonyme, dans le secteur de l'hôtel de ville, rue Ly Tu Trong. La façade étroite ne comporte qu'une porte en métal par laquelle ils sont entrés. Hoà s'esquive à la suite d'un homme en uniforme militaire qui les attendait. Ils patientent une vingtaine de minutes dans une petite pièce aux murs gris, éclairée d'un néon fixé au mur, meublée seulement de trois chaises. L'ami de May Phuong revient enfin avec un homme en civil qui s'exprime en français, le présente comme fonctionnaire du ministère des Affaires intérieures, puis les quitte.

Cet homme leur fait promettre de ne rien dire concernant ce rendez-vous, ce lieu. Ils entrent dans le vif du sujet et lui montrent la photo de Thi Ngoc qu'ils ont photographiée avec leurs téléphones. Il la regarde à peine, se contentant de leur dire que c'était un document rare, et qu'il a la même dans son dossier. Il ouvre une chemise en carton et leur montre différentes photos de Nga dans les rues de Saïgon, dans des rizières au milieu d'autres femmes.

Ensuite, il leur présente des papiers noircis à la main ou tapés à la machine, tous en vietnamien. Il leur en lit et traduit des passages qui les intéressent, notamment ceux où il est question de son grand-père et de son père et un autre qui concernent les grands-parents de May Phuong. Ces papiers sont des archives secrètes, sans grande valeur aujourd'hui, mais conservées jalousement par l'administration.

L'homme les informe qu'il a répondu favorablement à leur demande par rapport à leurs activités au Vietnam et de leurs origines. C'est alors qu'ils comprennent que leur interlocuteur n'est pas un simple fonctionnaire, un simple officier. Ils ont devant eux un homme important qui connaît beaucoup de choses sur eux, leurs familles.

Il leur confirme ce qu'ils savent déjà. Ils sont bien issus de la même famille à un degré éloigné.

Tout est dans son dossier.

Puis sur le ton de la confidence, il leur fait un topo sur le Vietnam d'aujourd'hui. Un pays en pleine expansion, tourné vers l'avenir. Pour ce faire, le pays a besoin de l'effort de tous les membres de son peuple et de la diaspora des Viet Kieu[5].

Que doivent-ils penser de ces paroles ?

Il ne leur laisse guère le temps d'y réfléchir. Il se lève, l'entretien est terminé, puis s'adresse à eux tour à tour. Il lui dit apprécier ses photos sur le Vietnam, qu'il sait capter l'âme du pays et à May Phuong, il laisse entendre qu'elle serait contactée pour collaborer à un projet d'exposition. Il serait dommage qu'elle ne saisisse pas cette opportunité.

Impossible d'en savoir plus.

---

[5] Viet Kieu : Vietnamien de l'étranger

Il les congédie non sans renouveler son conseil de discrétion concernant cette entrevue. Le ton qu'il emploie pour appuyer cette recommandation ne les incite pas à la transgresser.

Ils se retrouvent sur le trottoir abasourdis. Hagards, ils se dirigent vers Nguyên Hué et rentrent dans le premier bar qui se trouve sur leur chemin.

Doivent-ils craindre quelque chose de cet homme, de son aide, lui demande May Phuong. Il la rassure, à son avis, l'homme veut juste leur faire comprendre qu'il sait qui ils sont, ce qu'ils font au Vietnam. Malgré tout, il trouve surprenant qu'ils obtiennent si rapidement tous ces renseignements. Ce n'est pas dans les habitudes du régime de dévoiler des archives, même anciennes, à des ressortissants étrangers. Mais pourquoi les aider ?

Ils ne peuvent qu'émettre des suppositions et à ce petit jeu, ils risquent vite de tomber dans un délire de paranoïa. Le plus vraisemblable est qu'ils ont bénéficié d'un sacré coup de pouce du destin.

Pourquoi s'étonner ?

Le Vietnam est un pays où tout est possible.

Sur un banc dans le square près de la cathédrale Notre-Dame, ils discutent de cet entretien, heureux d'avoir la confirmation de ce qu'ils savaient et en même temps se posent encore des questions sur les suites de cette rencontre.

Dans sa tête, un doute subsiste qu'il essaie de dissimuler à May Phuong, mais c'était sans compter sur la capacité de cette dernière à tout ressentir. Elle le réconforte, le rassure, ils pourront même effectuer un test ADN qui prouvera leur lien.

Ils passent le reste de la journée ensemble. Il a prévu de repartir pour Dong Hoi le lendemain. Ils savourent le bonheur d'être ensemble pour prolonger les heures, les minutes avant son départ.

Elle vient le réveiller.

Contrairement à ses habitudes, il dormait encore à 8 heures et son vol est prévu à 10 h 15.

À l'aéroport, ils tentent de retenir le temps avant de se séparer, enlacés jusqu'à la dernière minute avant qu'il ne passe le contrôle de sécurité. Des larmes dans les yeux elle le suit du regard jusqu'à ce qu'il disparaisse, se sentant soudain très seule. Retenant son émotion, il lui adresse un dernier signe de la main à travers la vitre qui les sépare.

Il est retourné deux fois à Vung Tau pour rencontrer Thi Ngoc, mais seul.

Sa première rencontre avait été trop brève, trop intense émotionnellement. Il avait besoin de temps pour la connaître, pour tisser un lien plus tangible entre eux. Cela n'a pas été facile, la barrière de la langue les séparait. S'il avait fait quelques progrès dans l'apprentissage du vietnamien, de son côté, Thi Ngoc ne parlait pas un seul mot d'anglais. Leur deuxième rencontre a été empruntée, rien ne les unissait en dehors de ce lien familial. Heureusement, il avait prévu de ne rester qu'une petite partie de la journée avec elle. À l'aide du traducteur sur leurs téléphones respectifs, ils ont tant bien que mal réussi à dialoguer.

Nga, son héroïne de mère, était décédée en 1991 des suites d'un cancer. Elle ne lui avait presque rien caché de sa vie, de ses luttes, de son engagement pour le Vietnam, de son père parti beaucoup trop tôt en héros de la nation. Mais elle ne lui avait quasiment rien dévoilé de ses origines, d'où elle venait, de ses parents, de sa sœur, de son demi-frère.

Jusqu'à leur rencontre, Thi Ngoc était persuadée de ne pas avoir d'autre famille.

Thi Ngoc avait été fonctionnaire municipale à Vung Tau. Elle s'occupait de l'administration du personnel de la mairie puis a cessé de travailler il y a quelques années, souffrant régulièrement de douleurs articulaires handicapantes. Elle ne lui a pas parlé de son mari. Est-il parti ou décédé, peut-être lui le dira-t-elle un jour. Quand il a voulu la questionner à ce sujet, elle a juste tapé sur son clavier : « c'est la vie ».

Elle n'a pas été plus loquace à propos de son fils.

Leur troisième rencontre a eu lieu il y a quelques semaines.

Elle fut plus chaleureuse, et surtout plus facile. Thi Ngoc avait convié une amie qui parlait anglais. Petit à petit, d'autres liens se sont noués, plus profonds. Leur relation n'est en rien comparable avec celle qui l'unit à May Phuong. Il avait averti cette dernière de ses deux visites à Vung Tau. Elle avait compris qu'il était important qu'il s'y rende seul. Elle-même y était retournée plusieurs fois, éprouvant le même désir.

Week-end en famille

May Phuong est venue le voir un week-end, fin avril.

Depuis cette journée qui avait bouleversé leurs vies, il ne se passait pas un jour sans qu'ils s'adressent un message ou qu'ils se téléphonent. Ils avaient hâte de se retrouver.

Elle avait informé ses parents de cette grande nouvelle qui élargissait le cercle familial. Sa mère avait du mal à y croire.

Sa propre mère, la grand-mère de May Phuong, ne lui avait jamais parlé de cette sœur, de ce demi-frère. Au téléphone, elle était frustrée, ne voulait pas croire cela possible, se sentait trahie par sa mère. Son père, la surprise passée, était incrédule mais heureux.

Pour ce week-end en famille, ils n'avaient rien prévu d'autre que de le passer à Dong Hoi. Son avion arrivait en début d'après-midi.

Quand il l'a vue apparaître dans le hall d'arrivée, elle lui parut différente.

Elle ne semblait plus la même. Une mutation imperceptible s'était opérée en elle. Ce n'était pas juste une impression. Elle avait changé. Elle semblait plus mature, n'avait plus vraiment cette allure d'étudiante charmeuse et insouciante. La sérénité qu'elle dégageait la rendait encore plus lumineuse.

Après cette succession d'événements survenus en quelques mois, le papillon avait enfin éclos de sa chrysalide.

Retrouvailles pleines d'émotion, peu de mots échangés, sourires pleins de tendresse, joie de se retrouver. Vite, ils s'engouffrent dans un taxi. Après avoir déposé ses affaires chez lui, ils partent à scooter vers les dunes. À la sortie de Dong Hoi, après les derniers hôtels, ils laissent leur engin sur le parking et descendent sur la plage. La mer est calme, la plage déserte. Quelques nuages atténuent l'ardeur du soleil. Ils vont côte à côte, longeant la plage, sans rien dire, appréciant le moment présent d'être ensemble, heureux de se retrouver. Sous un palmier, ils se débarrassent de leurs vêtements et courent se baigner. Plus tard, allongés sur le sable, ils discutent de ce qui leur est arrivé, de ce que cela a changé pour eux.

« C'est incroyable, tu n'es plus la même, pour un peu je ne te reconnaîtrais pas ! »

Lui répondant d'une tape sur l'épaule, elle lui sourit :

« Je suis enfin heureuse. Je n'ai plus ce poids au fond de moi contre lequel je luttais. Je suis comme un oiseau qui recouvre sa liberté. »

Elle n'a plus envie de prouver à tout le monde qu'elle est la meilleure. Elle ne veut plus livrer de bataille inutile mais juste s'épanouir dans sa vie professionnelle et personnelle. Vivre enfin pour elle ! La procédure en cours l'a allégée de ce passé funeste. Elle lui sera toujours redevable de l'avoir aidée à entreprendre cette démarche. Il a beau protester et essayer de la convaincre qu'elle en a tout le mérite, elle n'en démord pas. Ce qui la comble aujourd'hui, c'est ce lien familial qu'ils partagent.

Ce lien, qu'ils avaient deviné sans le savoir, les a unis dans cette relation étroite et profonde dès le début de leur rencontre. S'ils éprouvaient l'un pour l'autre une affection hors du commun, il leur a fallu intégrer cette nouvelle donne : les liens du sang les unissent encore plus. Leur relation s'en trouve renforcée mais psychologiquement il leur a fallu assimiler ce lien de parenté qui s'est dressé comme une barrière impalpable entre eux durant les premiers jours qui ont suivi cette révélation. Aujourd'hui, ils ont retrouvé leur relation première, franche, sans complexe, fusionnelle parfois. Côte à côte sur le sable, ils discutent à bâtons rompus de leurs vies nouvelles. Au détour d'une phrase, elle lui glisse avec malice qu'elle aurait toujours le regret qu'il ne soit pas sa moitié. Elle est heureuse qu'il en soit ainsi. Il est sa famille ici et partout où il ira. Thi Ngoc en fait partie, mais tout comme lui, elle a besoin que le temps consolide cette relation naissante avec leur cousine. Au retour, ils rendent visite à Binh et Kien qui les ont adoptés comme cousins à la mode vietnamienne. Ils dînent ensemble au Red Peppers, les quatre amis sont heureux de se retrouver. Plus tard, ils retournent dans le parc le long du fleuve. Là où tout a commencé pour lui. Chaque fois qu'il s'y rend, il ne peut s'empêcher de penser à ce fameux soir et sa rencontre avec le chaman.

Face au fleuve Nhat Lé, sur le ton de la confidence, elle lui révèle qu'elle travaille sur un projet d'événement franco - vietnamien prévu pour le printemps prochain. C'est sûrement le projet dont leur avait parlé leur interlocuteur secret. Elle aura besoin de sa collaboration pour réaliser des photos concernant différents sites du Vietnam. Il accepte d'emblée, heureux à l'idée de travailler ensemble. C'est en famille qu'ils réaliseront ce travail et trouveront leur place dans le pays de leurs racines.

Fatigués, ils ne tardent pas à rentrer se coucher. Le lendemain, les heures défilent plus vite que d'habitude. Ils passent une partie de la matinée à discuter avec l'énigmatique Thi Châu. Toujours aussi discrète sur sa vie, mais généreuse de son temps pour donner des conseils avisés, concernant les rouages administratifs dont elle semble connaître tous les méandres et les écueils à éviter. Elle leur propose même de les rejoindre à Ho-Chi-Minh, si besoin, pour les aider lors de l'événement qu'ils vont préparer. Tous trois déjeunent de fruits de mer grillés dans un des nombreux restaurants situés le long de la plage. Moment de détente agréable qu'ils aimeraient prolonger. L'heure du départ de May Phuong approche. À l'aéroport, ils ont pris un *ca phé sua da* avant de se séparer. Ils vont se revoir, mais quand ? Embrassades rapides, quelques mots, dernière étreinte. Elle est partie, le laissant seul.

Escapade au pays Nung

Depuis la dernière visite de May Phuong, le doute s'est de nouveau emparé de lui. Il ne parvient plus à réfléchir sereinement. Tout se mélange.

Il pense à son père qui n'avait jamais eu connaissance de cette histoire de famille. Il songe à la sienne. Il n'a prévenu personne de cette famille retrouvée au Vietnam.

Il hésite sur la façon de les informer de cette nouvelle, un message, un appel téléphonique, une lettre ? Pour le moment, il n'est pas prêt à leur révéler ce secret qu'il garde jalousement pour lui.

Deux semaines plus tard, il est retourné à Hanoï. Cette fois, il a pris un vol intérieur plus rapide que le train ou le bus de nuit. Il a reçu un message de Tien, son ami, qui lui proposait de l'accompagner pour faire un trip photos dans la province de Cao Bang. Il a sauté sur l'occasion pour essayer de s'extraire de cet état qui le mine.

Retrouver son ami et partager avec lui les derniers événements qu'il a vécus l'a soulagé. Il avait besoin de partager cette nouvelle auprès d'une oreille amicale qui ne soit pas trop intime.

Ils ont fait de longues marches pour faire leurs photos. Il n'est plus habitué à ces treks dans la montagne écrasée de soleil et de chaleur humide. Le premier jour, il a eu beaucoup de difficulté à suivre Tien. Épuisé, il n'a pratiquement pas photographié. En fin de journée, après avoir dîné, il s'est écroulé sur son couchage et a dormi jusqu'à l'aube.

Les jours suivants se sont mieux passés, l'esprit plus libre, son corps a mieux répondu à l'effort. Ils ont fait de nombreuses rencontres et sont passés au village de Phuc Sen. Un village où la plupart des habitants sont forgerons. Ils ont rendu visite à la vieille villageoise qu'ils avaient rencontrée lors d'un précédent périple, la femme de la photo que May Phuong a dans sa chambre. Ils se sont revus avec plaisir. Elle ne l'a pas oublié. En partageant le thé qu'elle leur a offert, elle parle longuement avec Tien. Elle parle de lui. Elle s'est rendu compte que son esprit est troublé.

Tien traduit.

Elle lui conte une sorte de fable, de parabole où il est question de l'essence même de la vie, de la confiance en soi, de la générosité que l'on offre, que l'on partage. Si la traduction s'avère parfois approximative, il saisit l'essentiel de ce que lui transmet cette femme qui lui parle comme une mère à son fils. Les jours suivants, tout en marchant, ces paroles œuvrent en lui et son pas se fait plus léger.

Les séances quotidiennes de méditation à laquelle l'initie Tien, dès le réveil, l'aident à apaiser la tempête qui l'agitait.

C'est l'esprit léger qu'il revient à Dong Hoi.

8

Un homme entre deux rives

Les mois ont passé.

Il me reste encore près de six heures avant d'atterrir à Roissy.

À la différence de mes autres retours, celui-ci, je l'ai organisé.

Je l'attends !

Je vais rejoindre ma femme, mes enfants et leurs familles, pour les fêtes de fin d'année.

Je suis déjà revenu les voir en septembre après avoir passé une courte semaine chez moi, en Bretagne.

Ce fut l'occasion de tout leur dire.

Leur dire le bonheur qu'un heureux hasard a mis surma route. Cette famille, ces deux cousines, découvertes à plus de 10 000 km de là, quand je ne les attendais pas.

May Phuong, ma cousine préférée, native de Toulouse fut la grande surprise pour tout le monde.

Les questions ont fusé.

J'ai dû tout raconter sans oublier le moindre détail, l'excitation de tous était auparoxysme. Les photos ont défilé sur l'écran de la télévision de mon fils suscitant de nombreuses questions auxquelles j'ai dû répondre.

Un changement imperceptible s'amorçait dans la tête de chacun. Mes enfants m'ont félicité de mon obstination.

Elle était heureuse que je sois parvenu à mes fins.

Peu à peu, le Vietnam s'immisçait dans leur quotidien, dans leurs têtes, dans leurs esprits.

Ce pays n'était plus celui qui leur avait ravi leur père, leur grand-père, son mari.

Ce pays était aussi celui de notre famille, de leur famille.

Je le savais.

Eux le découvrent.

Je leur ai promis d'organiser une rencontre avec May Phuong et ses parents, lorsque nous reviendrons tous les deux en France, en fin d'année. Proposition acceptée avec enthousiasme, tous sont impatients de rencontrer cette cousine et sa famille.

Avant de prendre l'avion du retour pour Dong Hoi, avec ma femme nous avons fait une longue promenade au bord du Rhône. Nous avons longuement discuté et fait le point sur notre parcours, nous étions de nouveau sur le même chemin. Nous avons fait la promesse de nous retrouver en Bretagne à la fin du printemps prochain.

Au-dessus des plaines de Russie que mon avion survole dans la nuit, leurs visages défilent dans ma tête comme si je les avais conviés à un conseil de famille. J'ai hâte de les revoir. Des souvenirs, des anecdotes me reviennent en mémoire pour chacun d'eux, me faisant prendre conscience du temps passé et de celui hypothétique, qu'il me reste à parcourir…

À près de 10 000 mètres d'altitude, mon esprit s'égare dans l'espace-temps et dévide le fil de ces derniers mois.

Je mesure le chemin parcouru.

Un long et aride sentier non balisé où j'ai failli chuter plusieurs fois.

De retour à Dong Hoi, après mon périple dans les montagnes du nord avec Tien, loin de toute émotion, j'ai fait le bilan de ma quête.

Aujourd'hui, j'ai trouvé le lien tangible qui me relie physiquement au pays de mon père, à mon autre pays.

J'ai la plupart des réponses à mes questions concernant mes origines, mon métissage.

Ces réponses, pour la plupart, depuis toutes ces années, je les portais enfouies au plus profond de moi sans le savoir.

Les accepter, m'accepter, changeait la donne, mais je n'y serai pas parvenu sans effectuer ces voyages à l'autre bout du monde pour que cela me soit révélé.

Le dernier élément important dans l'équilibre que j'ai retrouvé, fut le voyage effectué avec Tien au pays des Nongs.

Il m'a apaisé, m'a apporté la sérénité qu'il me manquait.

Les rencontres que nous y avons faites m'ont rempli d'énergie positive et chassé ce questionnement stérile qui me minait. J'ai pris conscience que l'angoisse qui me rongeait ces derniers temps était due à la crainte de voir se distendre le lien qui me liait à May Phuong. Je redoutais que de nous savoir parents, même à un degré lointain, devienne peu à peu un obstacle qui nous aurait éloignés l'un de l'autre et que ce fil qui nous unissait vienne à se rompre.

C'est après ce moment privilégié avec la vieille villageoise à laquelle nous avons rendu visite que j'ai pris conscience de mon erreur. Mon esprit était trop centré sur moi-même. Je voulais tant me préserver de tout, que mes facultés de penser s'en trouvaient faussées. Au lieu de m'ouvrir au monde et vivre pleinement le fruit de ma quête, je m'enfermais dans une forêt de bambous inextricable.

Je redoutais de vivre ce nouveau départ qui s'offrait à moi.

Dans mon demi-sommeil m'apparaît le sourire de May Phuong. J'ai l'ai revue une fois depuis avril, en juillet, à Ho-Chi-Minh.

Elle est devenue une sublime jeune femme tournée vers l'avenir et à l'esprit apaisé.

Nous avons passé deux jours à collaborer sur le projet d'exposition qu'on lui a confié. Nous avons établi la liste des lieux qu'il me fallait photographier. Il nous a fallu les identifier sur les cartes afin de tracer l'itinéraire qui nous permettrait de nous y rendre et de rencontrer les personnes qui nous donneraient les informations précises les concernant. Certains lieux ne sont accessibles que par des pistes incertaines qu'il nous vaudra mieux emprunter à la saison sèche. Ce sera l'occasion de plusieurs voyages pour découvrir le pays à deux.

À l'issue du deuxième jour, nous sommes retournés au musée des Beaux-Arts. Visite que nous avons faite comme un pèlerinage.

« J'y reviens régulièrement » m'a-t-elle confié, « pour tenter de rencontrer l'esprit de mes grands-parents… »

Après ces deux jours de travail intense, nous nous sommes accordé une journée de détente au cours de laquelle nous avons évoqué la rencontre de nos deux familles. Nous avons convenu du Nouvel An, puisque l'un comme l'autre, nous envisagions un retour en France à cette période. Plus tard, si nous le pouvons, nous aimerions organiser une rencontre avec Thi Ngoc à Vung Tau.

Dans la matinée, nous nous sommes rendus à la pagode Bửu Long située dans le district 9, non loin de la rivière Đồng Nai. Pour May Phuong, il s'agit de la plus belle pagode de la ville qu'elle souhaitait me faire découvrir.

Elle ne s'est pas trompée, l'édifice est l'un des plus beaux et des plus intéressants que j'ai pu voir au Vietnam. L'ensemble est harmonieux mêlant subtilement des influences de divers pays d'Asie, de l'Inde au Vietnam. Elle a joué la guide pour me la faire visiter. L'occasion pour moi de la photographier à nouveau. Cette fois-ci, elle m'a permis de ramener une moisson de photos pleine de fraîcheur et de naturel, peut-être le début d'une prochaine exposition.

Nous avons terminé la journée à la terrasse de l'hôtel Majestic d'où l'on domine la rivière Saïgon. Contemplant le ballet incessant des bateaux sur le fleuve, dans les dernières lueurs du jour, nous étions hors du temps, seuls au monde. Nos propos légers nous ont amené à évoquer nos premières rencontres où nous nous méfions l'un de l'autre, nous en avons souri. Nous mesurions le chemin parcouru, nos doutes, nos incertitudes étaient derrière nous.

Le souvenir de ces derniers jours passés à ses côtés me confirme que notre relation s'est renforcée et que nos chemins se croiseront régulièrement sans crainte l'un de l'autre.

Le lien qui nous unit est notre cadeau le plus précieux que nous ont offert nos recherches.

Il nous donne une force que nous voulons partager dans des projets communs pour marquer de notre empreinte notre présence au Vietnam et en France.

Cette différence que j'ai longtemps voulu gommer pour m'assimiler dans mon pays de naissance, je l'accepte aujourd'hui. Elle n'est plus un fardeau. Je ne la porterai pas comme un étendard, mais elle fait partie de ma personnalité comme la couleur de mes yeux, de mes cheveux, sans en avoir honte, sans devoir la cacher. Je la ferai respecter, je me ferai respecter pour ce que je suis, partout où j'irai.

Je souhaite qu'avec May Phuong, Patrick, Philippe, Lâm, Dominique et tous les autres métis ou déracinés, qui sont « entre deux », nous puissions être fiers de nos racines.

Que plus jamais nous ne soyons des « nhà quê » en France ou ailleurs.

L'important est de savoir d'où l'on vient et l'accepter pour pouvoir se construire.

Savoir, permet de comprendre qui l'on est et de posséder les atouts pour « être ».

Contrairement à ce que beaucoup ont pu me renvoyer, en France, être né de deux cultures n'est pas forcément une chance, ni tout à fait un handicap, c'est beaucoup plus complexe. Je sais, aujourd'hui, que jamais, je ne pourrai être totalement Vietnamien ou Français.

Être métis, c'est ne pas être totalement de quelque part, c'est toujours être d'ailleurs, d'« *Un pays sans nom.* »[6]

Loin de m'effrayer, ce pays que je ne puis nommer m'est familier, je peux m'y projeter aujourd'hui. Je partagerai ma vie entre mes deux pays. J'ai besoin de l'un et de l'autre pour exister.

Dong Hoi sera mon havre au Vietnam.

Thi Châu, enchantée de ma décision, m'a établi un bail à long terme.

De chez moi, en septembre dernier, j'ai rapporté une grosse valise de livres, de disques, de photos et d'objets pour apporter un peu de France à Dong Hoi. Aujourd'hui, je fais l'inverse, un peu du Vietnam va trouver sa place en Bretagne.

May Phuong m'a devancé depuis près de deux semaines en France.

Le rendez-vous de la rencontre de nos familles a été fixé comme nous l'avions prévu. Nous nous retrouverons tous chez notre fille, au Pontet, pour fêter le Nouvel An. May Phuong m'a

---

[6] *Un pays sans nom*, titre d'un roman d'Anna Moï.

submergé de messages pour organiser les préparatifs, convenir du menu, etc. Ne sachant que lui répondre, je lui ai transmis les numéros de téléphone de mes enfants pour voir tout cela avec eux, l'occasion pour eux trois de faire déjà connaissance.

Je n'ose imaginer ce que va être cette rencontre.

Je ne peux m'empêcher d'y penser, de ce que sera cette découverte pour tous, une belle rencontre sans aucun doute.

Je m'y suis préparé.

Je suis serein.

Tandis que mon avion se rapproche de ma destination, je somnole sur les paroles de Saïgon[7] que diffusent mes écouteurs et dont je fredonne les derniers mots :

Qu'ce soit en France ou au Vietnam, j'suis moitié là-bas, moitié d'ici
Tout l'monde voit en moi les 50 % qui viennent de l'autre pays
Puis d'autres fois, j'crois sentir, au contraire, les morceaux qui s'assemblent
Et d'retour à Paname je découvre un ensemble
De bricoleurs génétiques aux identités en kit
D'ADN bigarrés, d'amoureux en mosaïque
De sangs mêlés naissants, d'autres joueurs de Tetris
De pères et de mères qui construisent un monde métis

Aujourd'hui, je sais qui je suis :
Métis,
Sur un pont, entre deux rives.

[7] « Saigon », chanson de George Ka, rappeuse franco-vietnamienne.

Épilogue

J'ai commencé à écrire ce roman, en partie autobiographique, en 2019, alors que j'étais en pleine quête de mes origines depuis plusieurs années.

Habité par le doute, ne sachant pas l'issue de cette recherche incertaine, je ne savais pas quel serait mon Graal.

En 2018, fouillant dans des papiers de famille, j'ai retrouvé une enveloppe provenant des USA, un nom, une adresse au dos. Ce devait être l'adresse et le nom du demi-frère de mon père, Thao Xuan Nguyên, mon oncle.

J'ai écrit à cette adresse.

Le temps a passé.

Aucune réponse ne m'est parvenue.

Fin août 2019, j'ai retrouvé cette enveloppe dans un tiroir de mon bureau. J'ai adressé une seconde lettre à cette adresse.

Rien.

Un matin d'octobre 2019, en voyage aux Seychelles, j'ai reçu un courriel provenant des USA.

L'un des fils de Thao Xuan Nguyên me répondait. Son père, âgé, ne pouvait le faire.

Mon cousin me donnait un nom, celui de Doan Van Tien, un petit cousin issu de la branche familiale de la sœur de mon grand-père.

Ce petit cousin habite Hué, le berceau de la famille.

Ville où j'ai séjourné plusieurs fois, la première en 1989.

J'allais faire connaissance avec ce dernier en février 2020.

Il fallait me préparer à cette rencontre, j'avais hâte de faire sa connaissance et en même temps j'appréhendais ce rendez-vous.

J'ai commencé ce voyage de février 2020 par Hanoï. Ma ville préférée du Vietnam, celle où j'aime reprendre contact avec le pays.

J'ai poursuivi ma route jusqu'à Dong Hoi pour rendre visite à des amis.

Enfin Hué.

La rencontre avec le petit cousin fut rapide, pleine de pudeur.

Chance pour moi, Doan Van Tien parle français. Aucune question de sa part, par respect, je n'en ai pas posé. Elles bouillonnaient pourtant dans ma tête.

Sur sa moto, il m'a emmené dans un quartier populaire de Hué. Après quelques kilomètres, il a stoppé son engin devant une propriété et m'a dit :

« *C'est ici que vivait la famille de ton grand-père. Ton père a vécu ici* ».

J'étais abasourdi, incapable de dire quoi que ce soit.

Là était le lieu de la source de mon histoire, de mes racines.

Comme un automate, j'ai réalisé une ou deux photos. L'émotion me submergeait, les images se superposaient devant mes yeux. Le visage de mon père était devant moi, se confondant à celui de mon grand-père.

La propriété n'appartient plus à la famille, la terre a été vendue. La maison de bois n'est plus. Trois bâtisses modernes l'ont remplacée.

En riant (les Vietnamiens sont très pudiques et dissimulent leurs sentiments) et d'une tape sur l'épaule, mon cousin m'invite à remonter sur la moto. Nous nous rendons au

cimetière où se trouvent les tombes de la famille, dont celle de mon grand-père, à quelques kilomètres de là.

Un carré de terre bordé d'un muret, non loin de la route, une quinzaine de tombes en marbre noir.

Je suis dans un état second.

De tombe en tombe, il me donne les noms et les liens familiaux qui unissent ces défunts.

Avec une accolade, il m'indique celle de mon grand-père. Mes larmes coulent sur la terre de mes ancêtres.

Je crains de défaillir.

Trop d'émotions en moins d'une heure.

Dans un instant de lucidité, je sors de mon sac les photos de mon père et de mon grand-père que je pose sur la tombe de ce dernier. Cette ultime photo, si elle n'est pas artistique, vaut plus que tout à mes yeux.

Symboliquement, j'ai ramené mon père auprès des siens, dans son pays.

Notre pays.

Doan Van Tien me conduit chez lui, me présente à sa femme, son fils, sa fille et ses enfants. Après un échange d'une bonne demi-heure, il me reconduit à mon hôtel.

Il m'a fallu presque tout l'après-midi pour retrouver mes esprits.

Le surlendemain, avant-dernier jour de mon séjour à Hué, je devais partir tôt le matin pour photographier les pêcheurs de la lagune.

En prenant mon café, l'image des tombes s'impose à moi.

Je dois m'y rendre.

Cette fois-ci, je suis seul avec le scooter que j'ai loué et le GPS de mon téléphone pour trouver mon chemin.

Alors que j'arrive en vue des tombes et que je m'apprête à m'arrêter, un taxi me devance. Cinq personnes en sortent. Le temps d'ôter mon casque, je les vois se diriger vers « mes tombes ».

Mon cœur bat à tout rompre. Je m'approche.

De leur côté, on me dévisage, on se pose des questions, qui est-ce ?

À l'aide de mon traducteur, je me présente, je sors la photo de mon grand-père.

Éclats de voix, cris et rires fusent ! Tout le monde parle en même temps.

Ce sont des membres de la famille de mon cousin Doan Van Tien. Nous sommes tous des cousins éloignés à des degrés divers. On me prend les mains, rires et pleurs mêlés, mes cousins et cousines communiquent avec moi grâce à l'instrument magique que sont les téléphones portables.

Nous avons passé plusieurs heures ensemble.

Voyage unique qui me fait trouver mes racines et me donne une famille.

Je devais retourner au Vietnam en avril 2020 et revoir ma famille.

COVID est passée par là, ce sera pour plus tard, mais j'y retournerai, vite.

Remerciements

Merci !

Un énorme merci à Dominique, ma moitié, qui partage ma vie depuis si longtemps. Je la remercie d'avoir accepté de vivre ces années de doute, de quête, de voyages que j'ai effectués à l'autre bout du monde.

Merci à mes enfants, petits-enfants, de m'avoir donné l'énergie nécessaire pour trouver le jardin de nos racines et le leur offrir.

Merci à Lucette et Dinh, mes parents, à l'origine de mon histoire.

Merci à mes sœurs : Thi Châu, Thi Ngoc, Thi Làn. À leur insu, elles m'ont aidé dans ce projet d'écriture.

Merci mes amis :

Than Pham, Dominique Grand, Pierre Le Gall, Maurice Loaique, Patrick Fernand, Paule Migeon, Nicolle Hui Bon Hoa dont les histoires m'ont inspiré pour écrire ce texte.

Merci à celles et ceux qui un jour se sont arrêtés dans ma galerie, à Paimpol, pour parler de leur métissage, de leur douleur, de leur intégration, de leur histoire familiale, du Vietnam et de la France…

Un merci particulier à mes amis vietnamiens : Do Tien, Nguyên Huy Phuong, Tran Huong, Thao Nguyên Lam, Hien, marchande à Dong Hoi, qui m'ont aidé à découvrir le pays de mon père.

Un merci énorme à mes amis Kien et Binh, de Dong Hoi, qui m'ont adopté comme membre de leur famille. Je leur dois beaucoup. Toutes mes pensées vont vers eux, à l'heure où j'écris ces lignes une épreuve douloureuse a frappé leur famille.

Merci à toutes ces Vietnamiennes, tous ces Vietnamiens rencontrés au cours de mes voyages. Ils m'ont accepté parmi eux, ils m'ont aidé dans ma quête par leurs sourires, leur générosité, leur accueil.

Une pensée particulière pour mon ami Éric Merlen avec lequel j'ai initié ma quête en 1989.

Merci à mon amie Claudia Léonardi pour ses précieux conseils.

Un merci énorme à David Kerhervé qui s'est attelé avec patience à la relecture et à la correction de ce texte. Je le remercie pour ses conseils, ses remarques pertinentes qui m'ont permis de mettre un point final à cet ouvrage.

Bibliographie

- *Les enfants de la colonie* d'Emmanuelle Saada, Éditions La Découverte

- Immigrés de force, Pierre Daum, Éditions Solin

https://histoirecoloniale.net/rapatries-d-Indochine-plus-de.html

http://www.histoire-immigration.fr/dossiers-thematiques/les-etrangers-dans-les-guerres-en-france/les-travailleurs-indochinois-en-france

http://www.rapatries-vietnam.org/cafi-histoire.php

- Wikipedia

Imprimé en France
Achevé d'imprimer en décembre 2021
Dépôt légal : juin 2021

Pour

Le Lys Bleu Éditions
83, Avenue d'Italie
75013 Paris